T0279091

LA ISLA DE LOS
LATIDOS DEL CORAZÓN

LA ISLA DE LOS LATIDOS DEL CORAZÓN

Laura Imai Messina

Traducción de Patricia Orts García

Q Plata

Argentina – Chile – Colombia – España
Estados Unidos – México – Perú – Uruguay

Título original: *L'isola dei battiti del cuore*
Editor original: Piemme
Traducción: Patricia Orts García

1.ª edición: abril 2024

© 2022 Piemme/Mondadori Libri S.p.A., Milano
All rights reserved
Published by special arrangement with Laura Imai Messina with her duly
appointed agents MalaTesta Lit. Ag. and The Ella Sher Literary Agency
© de la traducción, 2024 *by* Patricia Orts García
© 2024 *by* Urano World Spain, S.A.U.
Plaza de los Reyes Magos, 8, piso 1.º C y D – 28007 Madrid
www.letrasdeplata.com

ISBN: 978-84-92919-55-0
E-ISBN: 978-84-19936-88-2
Depósito legal: M-2.715-2024

Fotocomposición: Urano World Spain, S.A.U.
Impreso por: Rodesa, S.A. – Polígono Industrial San Miguel
Parcelas E7-E8 – 31132 Villatuerta (Navarra)

Impreso en España – *Printed in Spain*

Esta novela es una obra de ficción. La autora ha imaginado los personajes y las situaciones con el objetivo de conferir veracidad a la narración. Cualquier analogía con hechos, acontecimientos, lugares y personas, tanto vivas como difuntas, es del todo casual.

La cita que figura en la página ciento uno pertenece a *La caída en el tiempo,* de Emil Cioran; la de la página ciento cuarenta, a *Apuntes,* de Elias Canetti; la de la página ciento noventa y uno es de Maurice Pinguet, de *La muerte voluntaria en Japón*; y la de la página doscientos treinta y cuatro, de Friedrich Dürrenmatt, *La muerte de la Pitia.*

A Francesca, que me cambió la vida,
y a los mil cuatrocientos millones de latidos
que me trajeron aquí.

En el suroeste de Japón, en un charco de mar compartido por dos provincias, Kagawa y Okayama, flota una pequeña isla a la que solo se puede llegar por mar desde cualquier lugar del mundo: Teshima.

Partiendo de la capital, hay que subir a un avión, luego a un barco y después tomar un autobús, pero, para realizar todos esos transbordos, es necesario, además, caminar mucho.

En el extremo oriental de la isla, en un lugar recóndito, se erige un pequeño edificio con un gran ventanal que da al mar. Allí están catalogados los latidos de decenas de miles de personas, algunas vivas, otras ya sombras, procedentes de los lugares más dispares del mundo.

Se llama *Shinzō-on no Ākaibu*, el Archivo de los Latidos del Corazón.

PRIMERA PARTE

ばくばく *baku baku*

Las mentiras ajustan la vida y la embellecen y, mientras nadie sepa qué es la verdad, no tiene demasiada importancia.

TESHIMA, OTOÑO

豊島　秋

—¿Lo oyes? —pregunta el niño volviéndose hacia el adulto.

Justo en el momento en que hace la pregunta, el hombre tiene cincuenta años y las válvulas de su corazón se han abierto y cerrado unos mil cuatrocientos setenta millones de veces. Hace trescientos treinta y tres días empezó a llamar a las cosas por su nombre, vuelve a interesarle dónde acabará el mundo, quién ganará las elecciones en Japón, cuánto tardarán los hombres en llenar de plástico el mar. De nuevo tiene miedo de morir.

—¿Lo oyes? —repite el niño. Y es como una plegaria, porque, si un adulto lo oye también, significa que es real.

—Aún no.

Después de abandonar el camino que se escabulle entre pequeñas casas de madera y chapa, el paisaje de Teshima se parte en dos, los arrozales verdes se abren a izquierda y derecha y el aire empieza a vibrar con mayor intensidad.

El niño no repite la pregunta, pero observa con atención al adulto.

Esta vez, el hombre asiente con la cabeza. Ahora lo oye.

Para contener la emoción, se arrodilla, se pone a la altura del hombre minúsculo que tiene delante, parado como un Moisés en el acto de abrir las aguas.

Si antes no oían nada, ahora solo existe ese ruido. *Pam-pam, bam-bam, doki doki, thump thump.* Toda la colina parece palpitar.

El niño se lleva la palma de la mano al pecho, cierra los ojos.

Doef doef, boum boum, tu tump.

—Ya estamos cerca.

Esta isla es un corazón. Se contrae con el latido irregular de las olas. Las mareas alargan el pulso, a veces pierden uno o dos, pero después siempre se reanudan.

En los meses que han precedido a este día, el adulto y el niño han aprendido que las cosas que más aprecian los seres humanos —una determinada música, el montaje de una película, un ruido concreto— resuenan con el ritmo interior de sus mentes. Lo llaman *fluctuación 1/f* y es la misma que regula los latidos del corazón de las personas. Algo que parece continuo, pero que, en realidad, es ligeramente inconstante.

El niño se inclina hacia el suelo, pega la oreja al camino que se abre entre los arrozales.

El hombre deja que lo haga: de repente, recuerda que, cuando tenía seis años, se tumbó en la calle para comprender el punto de vista de las hormigas. La aparente sensación de no dejar huella. Pensaba que todo tenía que empezar por esa manera de mirar las cosas, desde abajo. También su madre, que estaba a su lado, se lo había permitido. «Para entenderse a uno mismo, hay que entender al mayor número posible de criaturas, incluso a las más diferentes», decía siempre, y él, para desafiar a la verdad de esa afirmación, justificaba cualquier acción extraña alegando que quería comprender. Ahora el adulto recuerda que allí, justo en el centro de la ciudad, había experimentado por primera vez un vértigo intenso, poco menos que la confirmación del incesante girar del planeta que, normalmente, le parecía inmóvil.

Es la misma sensación que el niño percibe en este momento, solo que él siente las pulsaciones del aire.

El pequeño se vuelve a levantar.

—Tengo hambre. ¿Puedo comer?

—Claro. —El adulto saca dos *onigiri* de la mochila. Se sientan en el borde de los arrozales.

Tras un número indeterminado de golpes en el aire, el ritmo se interrumpe. Sigue un largo momento de silencio y, poco después, se reanuda.

Es un relevo: un corazón que cede la palabra a otro.

Es octubre. Los campos estridulan con el verano que, en dos días de inesperado calor otoñal, parece haber regresado al suroeste de Japón. Ha engañado a las libélulas, que han reanudado el vuelo; en Teshima algunas cigarras, burladas también por las temperaturas, han horadado la tierra y se han asomado.

El niño se arrodilla aquí y allá y mete la punta de los dedos en los agujeros.

—Queda poquísimo. Según el mapa, unos cientos de metros a vuelo de pájaro.

—¿Está ahí? —dice el niño apuntando con el dedo índice.

—Sí, vamos.

El adulto sigue sin saber qué encontrará *de verdad* al otro lado de la colina. Sospecha algo, pero, en realidad, no sabe nada. Igual que nadie sabe nada del tiempo mientras lo vive. El niño tampoco sabe una palabra, pero está acostumbrado a no entender. En cambio, se enamora con más facilidad —de ese viaje repentino, del afecto del adulto, de la idea de que el rumor del corazón de las personas tenga un lugar en el mundo— y eso es lo único que lo hace feliz.

Suben por la cuesta que lleva al santuario de Karato Hachiman y después doblan a la derecha, como indica el mapa; apartan el follaje con los brazos. El mar queda a la izquierda.

A medida que se van acercando al archivo, el sonido de los golpes se acrecienta.

El adulto y el niño avanzan con la precaución de quien sabe que a sus pies la tierra está sembrada de minas: los dos tienen la impresión de estar caminando por el borde de un artefacto a punto de estallar.

—¡Ahí está! —exclama el adulto apenas divisa un edificio bajo y cuadrado de cedro negro ubicado entre el azul turquesa del cielo y el blanco áspero de la arena. Parece una pieza de Lego olvidada en la playa.

En ese momento, el ritmo del aire vuelve a cambiar, empieza a vibrar con un compás que el hombre no reconoce.

Mientras empujan la puerta del archivo, el adulto tiene la fuerte impresión de que todo el camino, todo el tiempo que han pasado uno frente a otro a lo largo de estos trescientos treinta y tres días, además de todos los años inmediatamente anteriores en que se han evitado, los han traído hasta aquí.

Nunca llegará a saberlo, pero, en el preciso momento en que hace una pequeña reverencia al joven vestido con una bata blanca que les da la bienvenida a la entrada, se expande en el aire el ritmo de un corazón que un día conocía perfectamente.

1

us cinco años no contaban para nada.

Shūichi agarraba el manillar con la certeza de que estaba a punto de embarcarse en una gran aventura. Había planeado la huida de la vigilancia de su madre con tal precisión que, de haberlo sabido, a la mujer le habría quedado clara la extraordinaria inteligencia de su hijo y, por encima de todo, la excepcional atención con la que este la espiaba.

Los cinco años de Shūichi pesaban sobre el sillín de una bicicleta roja sin pedales. Y él solo tenía un objetivo: que le estallara el corazón.

Vivían en Kamakura, en lo alto de la pendiente que unía los barrios de Ōmachi y Komachi en un túnel de origen misterioso. Algunos lo llamaban el Túnel de la Concubina, porque, según una leyenda, un terrateniente lo hizo excavar para reunirse con su amante al otro lado de la montaña; otros contaban que se trataba de un refugio antiaéreo utilizado por el ejército japonés para instalar los equipos de comunicación durante la Segunda Guerra Mundial.

La cuesta que llevaba hasta el túnel era abrupta por los dos lados, tan empinada que cualquiera que se aventurara accidentalmente en ella se quedaba sin aliento a mitad de camino. Era imposible pedalear por ella si una bicicleta eléctrica y los niños del lugar se retaban a menudo para ver qué mandarina (o canica) llegaba antes al final de la pendiente. Un estudiante de bachillerato que había jugado allí durante su infancia llegó a calcular la energía gravitatoria, el alcance, el aumento y la disminución de la velocidad en función del cuerpo implicado, es decir, si se partía de un punto muerto o se lanzaba con una mano (en ese caso, la altura de lanzamiento): dedujo que había sido estupendo no saber nada y jugar de todos modos.

Fuera como fuere, los niños solo competían en un lado del túnel; el otro permanecía cerrado: para empezar, porque se curvaba de inmediato, primero a la izquierda y luego a la derecha; y además, porque, ya en la salida, se veían las tumbas del pequeño cementerio excavado entre las costillas de la montaña.

Se decía que en las noches de verano los espíritus de los muertos se convertían en llamas, en tanto que durante el día formaban enjambres de mariposas.

Shūichi tenía la edad apropiada para tener miedo a los fantasmas, pero no lo sentía. El único temor que se apoderaba de él era que su corazón pudiera romperse en cualquier momento.

Al nacer le habían diagnosticado un soplo cardíaco, una arritmia leve. Le exasperaba la música que su madre escuchaba concentrada cada mañana y cada noche, como si a través de una diadema metálica y dos minúsculas aceitunas su pecho pudiera emitir quién sabe qué profecía.

No le dejaban retar a los trenes en movimiento ni podía subir a los tiovivos de Yokohama. Tampoco asistía a los festivales de verano para evitar la excitación general y los grandes tambores.

—Este es tu corazón —le había explicado un sinfín de veces su madre mientras dibujaba la forma con un lápiz en una hoja de papel—, y este es el agujerito que se extenderá y rasgará toda la tela si corres demasiado o te cansas.

La mujer sacaba una hoja nueva del escritorio cada vez que se lo explicaba. Por lo visto, era necesario que repasaran juntos la génesis del asunto para que sintiera miedo.

Ese era justo el motivo por el que Shūichi apretaba ahora el manillar en el precipicio por el que estaba descendiendo.

Quería hacer lo más peligroso del mundo y ver qué sucedía.

Le bastó oír los pasos de su madre, su voz que lo llamaba.

El grito que soltó en cuanto divisó la silueta de su hijo en la bicicleta fue la señal de partida.

—¡¡¡Shūichi!!!

El niño se dio impulso con sus piernecitas y las levantó abriéndolas en forma de «V». El cielo parecía estar muy cerca de él.

Mientras bajaba a una velocidad inaudita, el niño imaginó que se convertía en una flecha, como la gigantesca que había visto colgada en Nochevieja bajo el tejado del santuario de Tsurugaoka Hachiman-gū. ¡Era al menos cinco veces más larga que su madre!

—¡Shūichi, detente! ¡Shūichiii!

Treinta y cinco años más tarde, Shūichi recordaba con precisión el día del accidente. En particular, el retumbe ensordecedor de su corazón.

Pero, a pesar de que se acordaba de la sensación de horadar el aire mientras bajaba con sus manitas aferradas al manillar, el morro del coche blanco que lo había esquivado por un pelo, el dolor inmenso en un brazo y un hombro —que se habían roto al chocar contra un pequeño muro como el ala de un pajarito que ha intentado alzar el vuelo demasiado pronto—, y también la sangre en las rodillas y el diente que había perdido y que durante dos años le había desbarajustado su sonrisa, a pesar de que habría sido capaz de reconstruir cada segmento de ese día, su madre siempre negó que había acaecido.

—Eso son cosas de tu imaginación.

Shūichi recibió la misma respuesta cuando su queridísimo cuaderno de dibujo cayó al río Nameri el día que su padre, encolerizado, le rompió el arco; cuando el terremoto aplastó al gato bajo un montón de herramientas e incluso cuando olvidaron al oso Loretto en el tren durante el trágico viaje a Kagoshima.

Shūichi contaba a su madre los recuerdos dolorosos, los accidentes, los llantos prolongados que había reprimido el sufrimiento infantil, pero ella los rechazaba puntualmente. El osito de peluche se había quedado en casa mientras viajaban y, de hecho, a su regreso estaba sobre la cama, plácido e incluso más limpio; el cuaderno de dibujo debía de estar aún en algún lugar de su habitación, escondido; ¿y el arco? ¡Estaba todo entero en la veranda!

—Los compraste iguales al cabo de unos días —la acusaba Shūichi y, efectivamente, el gato volvió a dar señales de vida.

—El terremoto debió de asustarlo. A ese gato le encantaba vagar, lo más probable es que se fuera a vivir a otra parte.

Pero Shūichi habría jurado que había visto su cadáver destrozado bajo las herramientas del trastero, a su llorosa madre recogiéndolo y llevándolo a la cocina. Ella encendía la televisión, lo abrazaba y luego se escabullía para limpiar a hurtadillas.

—Pero yo lo vi. —Se enfurecía él—. Vi cómo lo enterrabas en el jardín.

—Siempre has visto cosas increíbles, Shūichi. Gracias a ese don has llegado a ser lo que eres.

La placidez con que negaba las cosas lo confundía. ¿Cómo era posible que Shūichi nunca hubiera llorado, que siempre le hubieran restituido el amor que había dado? Mientras había sido niño, el mundo le había parecido un milagro.

—Entonces, ¿por qué tengo todas esas cicatrices en el hombro y las rodillas?

—Ya te lo dije, creo que te las hiciste cuando ya eras mayor, pero no sé cómo ocurrió. Por aquel entonces, ya vivías solo.

—Yo, sin embargo, recuerdo que iba en bicicleta, que choqué contra el muro bajo, que el coche no me atropelló de milagro…

—Lo habrás soñado —lo interrumpía ella—. Cuando eras pequeño te encantaban las plantas, los *onigiri* de sal y los libros ilustrados. Solías pasarte horas dibujando paisajes y ventanas.

A la tercera negativa, Shūichi solía tirar la toalla, pero volvía a intentarlo periódicamente, incapaz de darse del todo por vencido. La última vez que le preguntó a su madre por el accidente de bicicleta, él tenía treinta y ocho años y ella setenta y cinco. No sirvió para nada. Ese día, ella también le sonrió con aire paciente:

—Resígnate, Shūichi, tuviste una infancia maravillosa. Acumulaste tanta felicidad que tienes provisiones para la vida adulta.

Luego pasó lo que pasó y entonces todos estuvieron de acuerdo en que la felicidad era algo que era mejor no nombrar durante mucho tiempo.

La velocidad a la que latía el corazón de Shūichi mientras
bajaba (o imaginaba que bajaba) con la bicicleta desde
la boca del túnel

E l corazón de un niño de cinco años late entre setenta y cinco y ciento quince veces por minuto. El de un anciano se frena hasta sesenta. Si una persona vive lo suficiente, su corazón habrá efectuado tres mil millones de latidos.

Cuando se detenga, habrá interpretado una melodía durante setenta u ochenta años y nadie la habrá escuchado con atención. Solo habrá sucedido en ciertos momentos especiales, durante una consulta médica, después de una carrera o del amor. O en las raras ocasiones en las que se siente la necesidad desesperada e irracional de saber que todo va bien y, entonces, se posa la palma de la mano en el corazón.

Durante el descenso, el corazón de Shūichi podría haber llegado como mucho a ciento ochenta latidos por minuto. En cualquier caso, si el niño se hubiera quedado en su habitación abrazado al oso Loretto y hubiera imaginado intensamente que lo hacía, podría haber alcanzado de todas formas el mismo ritmo.

El niño al que *quizá* rozó un coche a toda velocidad aquel día y que *quizá* se estrelló contra el muro bajo de una casita tenía ahora cuarenta años y recorría el camino en sentido inverso.

Era otoño y montones de hojas resbalaban por los laterales del Túnel de la Concubina.

A partir de las dos suposiciones basadas en la única certeza de que tenía cinco años y poseía un corazón y una bicicleta, se había desarrollado una existencia en un principio tranquila, pero que, pasados los treinta, se había vuelto muy complicada. Shūichi atribuía la tortuosidad de su vida adulta a su claudicación. Había aceptado mezclarse con el mundo, se había enamorado de una mujer, había pronunciado muchos síes con asombrosa ligereza.

A los cuarenta años, aún no había decidido si considerar aquella época un error o una de esas fortunas que solo acaecen una vez en la vida.

Shūichi llegó frente a la casa de su infancia con la respiración entrecortada y el corazón acelerado en el pecho. Observó que la verja estaba entreabierta y se preguntó si en las tres semanas de abandono no habría entrado por casualidad en el jardín un animal salvaje.

Sintió un disgusto fugaz al·recordar que nunca había aparecido en la entrada sin que su madre lo precediera gritando «bienvenido» al otro lado de la puerta.

Cuando no pudo meter la llave en la cerradura, descartó por fin la hipótesis del animal. Alguien debía de haber forzado la puerta y la llave se había roto.

El incidente de la cerradura se resolvió en un día. Shūichi llamó a los servicios de emergencia y presentó una denuncia.

Aun así, la sensación que le produjo la intrusión lo perturbó. ¿Quién podía haber intentado entrar en la casa? Y, sobre todo, ¿quién tenía la llave? Por lo que sabía, solo había dos copias, la que le había dado a su vecina y la suya.

Habían pasado tres semanas desde el funeral de su madre. Shūichi había aprovechado ese tiempo para recomponer rápidamente el mapa en el que fijar sus afectos, sus costumbres y sus compromisos laborales, y había regresado a Kamakura tras haber transcurrido doce años en Tokio. Quería reformar la casa de su infancia para luego venderla o alquilarla.

Sabía que la única manera de disponer de los objetos era ponerse en la piel de alguien que desconociera la casa. La gente sin memoria era más decidida y capaz.

Llamó a un trabajador, no porque no pudiera hacerlo solo, sino porque tener a un extraño cerca mientras la desmontaba lo ayudaba a mirarla con neutralidad.

Fue extenuante. En las habitaciones había miles, decenas de miles de cosas. La fe de su madre en los objetos lo desconcertaba. Ella parecía haber confiado completamente en ellos para que su vida pareciera mejor.

Shūichi empezó acumulando todo lo que evocaba la cotidianeidad: víveres, detergentes, toallas, medicinas. También se deshizo de lo esencial, convencido de que, si hacía excepciones, luego no sería capaz de tirar nada. Recogió las pertenencias de su madre y las precintó en grandes cajas numeradas. Las metió en el garaje y vendió el coche, que llevaba varios años parado.

Con la ayuda del obrero, en dos días quitó el papel pintado de todas las habitaciones: el olor a manzanas maduras que había marcado sus memorias infantiles se desvaneció.

A continuación, modificó el cuarto de baño y la cocina, sustituyó las tablas del *tatami*, reemplazó el parqué y puso nuevos postigos.

Cada día parecía decisivo para cambiar la apariencia de la casa, para deshacerse por fin de lo superfluo y del recuerdo, pero los días iban pasando sin que el trabajo terminara.

A veces tenía la sensación de ver a su madre. Una tarde la encontró en la cocina, ya entrada en la cincuentena, guardando la olla con la que solía *empezar* cada año la preparación de las ciruelas *umeboshi*; una noche, ya anciana, la vio apoyada en la pared del pasillo para llegar al cuarto de baño; por último, en el jardín, un verano en que ella, aún muy joven, lo empujó en el columpio que había fabricado con cuerdas y una tabla de madera en la rama del roble.

En esos momentos de nostalgia, Shūichi buscaba su cuaderno, se sentaba en la veranda y la dibujaba tal y como la veía. Sonriendo e inexplicablemente serena en todo momento.

Allí donde otros sacarían una fotografía, él confiaba desde siempre en el lápiz y, sobre todo, en su capacidad de ver lo que había existido en el pasado y ahora ya no existía.

En aquellos días, subiendo y bajando por el camino del Túnel de la Concubina, Shūichi tenía la impresión de que alguien lo espiaba. Se dio la vuelta en un par de ocasiones, pero no vio a nadie.

Luego, un domingo, dos semanas después de su llegada, pasó por delante del cementerio y vio la casa a lo lejos. Sopesándola por primera vez, le pareció que todo estaba en buen estado pero que aún le resultaba demasiado familiar. Se le ocurrió que podía volver a pintar la fachada y al hacerlo comprendió cuál era su verdadera intención: transformar la casa a tal punto que pudiera abandonarla.

En ese instante, vio una sombra delante de la puerta.

Se detuvo. Siguió con la mirada la figura que deambulaba alrededor de la construcción. Se asomaba a las ventanas por el lado equivocado, como si estuviera buscando una entrada.

Shūichi no hizo nada. Únicamente se acercó a ella lo suficiente para comprobar que la sombra pertenecía a un niño y que ese niño conocía la casa íntimamente.

Cuando lo vio salir del garaje con la vieja regadera de su madre y caminar a paso ligero por el túnel con una bolsa llena de libros y trastos, volvió a subir.

Se asomó al túnel y miró hacia abajo, pero el chico había desaparecido.

De niño, Shūichi bajaba al mar al amanecer con la tabla de surf montada en el gancho lateral de su bicicleta, el Fuji se perfilaba a la derecha, más allá del promontorio de Inamuragasaki. Le parecía una montaña que emergía cada mañana del mar. Solo podía describir la emoción que le producía zambullirse en el agua con aquella inmensa montaña delante confesando que no encontraba las palabras para hacerlo.

Incluso cuando ya era adulto y se había instalado en Tokio, los fines de semana que no estaba ocupado regresaba a Kamakura y pasaba el sábado y el domingo paseando por los templos, sentado en la playa y dibujando. A veces agarraba la bicicleta y pedaleaba hasta la isla de Enoshima, subía a la cima y se perdía entre el bullicio mestizo de los turistas y el horizonte.

A su regreso, su madre lo estaba esperando en el jardín, con el mismo temor infantil que cuando le auscultaba el corazón.

—¿Qué tal estaba hoy el mar? —le preguntaba. Luego le apretaba la muñeca y le preguntaba si le costaba respirar.

—Sí, pero es la subida —contestaba él cada vez, y cada vez ella no parecía convencida.

A los dieciocho años, Shūichi frecuentaba una universidad de arte en Tokio. Para no tener que pagar el alquiler de un piso, viajaba a la capital desde Kamakura, pero el trayecto de una hora en tren no le pesaba. Salir de la estación a la vuelta y ver las montañas azules lo compensaba.

Aunque seguían viviendo en la misma casa, Shūichi y su madre se veían en contadas ocasiones debido a los horarios. Para evitarlo, habían intentado renovar sus rituales durante grandes intervalos: desayunos que parecían almuerzos, charlas nocturnas en el *kotatsu*, tés de *yuzu* para ahuyentar unos inexistentes dolores de garganta. El afecto, sembrado con esmero al principio, había crecido, y con los años había producido tal abundancia de flores y frutas que había dejado de requerir un esfuerzo especial.

Shūichi le debía mucho. Sobre todo, le debía el trabajo que llenaba sus días de color, la carrera de dibujante. Su madre había sabido valorar la mirada perpleja de Shūichi, que desde niño había convertido a los gatos en mensajeros secretos, a las ventanas en entradas mágicas y a los insectos que salían alegremente en verano en invasores de otros planetas. Había creído en él incluso cuando nada sugería que lo mereciera.

Desde su desaparición, algo en Shūichi se había desvanecido. No podía explicarlo con palabras, pero un nudo más de la cuerda que lo sujetaba al mundo se había aflojado.

Su madre había sido una mujer alegre. Apenas podía recordarla enfadada, más bien temiendo constantemente que pudiera ocurrirle algo a Shūichi. En cualquier caso, el sufrimiento la volvía insolente. Cuando su marido había muerto de forma repentina hacía quince años, no se había quitado el kimono de luto durante una semana, ni siquiera había tirado la basura. Cuando Shūichi la había visitado al cabo de unos días, había percibido el hedor desde la entrada. Cáscaras de plátano y leche: su madre no había comido otra cosa desde la mañana del funeral.

Pero lo que más recordaba de ella era la confianza inmerecida que depositaba en todo el mundo. Si no encontraba cualidades positivas en alguien, se las inventaba. A una edad aún temprana, mostró a Shūichi que siempre había una manera de amar a las personas. No, no ignoraba los defectos, pero no los cargaba con malas palabras. «¡Imagina cuánto les puede doler ya estar con ellos mismos!». Hasta cuando comentaban las noticias más atroces, su madre le explicaba, si acaso, que era posible encarcelar a la gente sin tener que odiarla por necesidad. Para Shūichi fue todo un alivio descubrir que era posible respetar incluso a los que erraban.

Esa enseñanza, más que ninguna otra, lo cambió profundamente.

De manera que, en ese momento, mientras pensaba en el pequeño ladrón, Shūichi sentía más curiosidad que ira por saber qué demonios podía hacer un niño con una vieja regadera, el delantal manchado de su madre y un vaso desportillado.

No tardó mucho en descubrir que el robo se repetía cada tarde cuando el niño regresaba de la escuela y él acababa de salir.

DOKI DOKI

—Quiero morir aquí —había susurrado el niño mayor.

—¿Por qué aquí? —había preguntado el niño pequeño, que estaba sentado a su lado a orillas del río.

—Porque aquí conozco el nombre de todas las cosas.

—¿De todas?

—Sí, de todas. Cuando pregunto a mi abuela el nombre de un insecto, siempre lo sabe. También sabe cómo se prepara un nido de golondrinas o por qué hay agujeros en las bellotas.

—¿Por qué hay agujeros en las bellotas?

—Porque dentro viven las larvas. Se llaman *zō-mushi*, insectos-elefante, porque tienen una trompa tan larga como la de un elefante.

El mayor se levantó y se sacó del bolsillo un puñado de bellotas.

—También conocía los mejores lugares para recogerlas.

Le había tendido una que estaba toda picada. Luego había vuelto a susurrar:

—Quiero morir aquí como sea.

El niño pequeño guardó silencio mientras miraba la bellota.

—Así, un día, cuando renazca como Buda y me convierta en piedra, bellota o larva, sabré orientarme. Siempre encontraré el camino a casa, porque aquí conozco el nombre de todas las cosas.

Eso era justo lo que había dicho: «Sabré orientarme, renaceré como bellota o como larva». ¿O había dicho «ardilla» y «hoja»? Al niño pequeño le habría gustado objetar algo, como que si de verdad había que transformarse en algo, ¿no era mejor convertirse en un superhéroe, un dinosaurio o un insecto? Si de verdad había que meterse en algún sitio, le habría gustado renacer allí, en el minúsculo agujero que estaba junto al pomo de la puerta de su habitación, que él mismo había hecho a escondidas con los dientes de un tenedor.

L a vida es una sucesión de naufragios.

La isla donde atracamos, el estado de nuestro barco, la balsa improvisada, nuestros brazos, el único objeto que queda de nuestra vida terminada: todo cobra importancia, porque, cuando llegamos a la playa, cualquier existencia previa se convierte en un recuerdo.

Por mucho dolor que uno haya acumulado, sucede que la vida comienza una vez más.

—¿Un naufragio?

La ventana daba al cruce de raíles de la línea Chūo y, un poco más abajo, unas cabezas minúsculas bullían alrededor de un paso de cebra. Después el semáforo se puso en rojo y las cabezas de alfiler se detuvieron en el borde.

Shūichi asintió:

—Sí, un naufragio —murmuró sin dejar de mirar el cruce.

—Pero supongo que el protagonista luego tiene algún tipo de encuentro...

—No, solo naufraga.

Shūichi se volvió hacia el hombre que estaba sentado al escritorio, al fondo de la sala. Reconoció su expresión de perplejidad y la forma de hablar, como aflojando las palabras, que resurgían cada vez que se ponían a hablar de un nuevo libro y el editor temía no comprender.

—Entonces, ¿es una historia de supervivencia?

—También podríamos decir eso.

—Entiendo...

Shūichi abarcó todo Tokio con los ojos. Era una mañana luminosa, a sus pies naufragaba una ciudad entera, quién sabe cuántos hacían todo lo posible para mantenerse a flote. Aun así, el azul del cielo lograba que pareciera muy tranquila.

—Pero ¿qué sucede en esa isla?

—Nada —respondió Shūichi acercándose al escritorio. Apartó la silla y se sentó acodándose a la carpeta. El editor retrocedió dejando caer todo su peso en el respaldo.

—¿Nada? ¿No sucede nada?

—Nada. Da un paseo y comprende cómo es. Qué animales viven en ella, qué plantas. Diría que se topa con la soledad, si es que debemos encontrar un sentido a toda costa.

—Un sentido…

—Porque los adultos tienen que encontrar un sentido como sea, ¿no?

—Supongo que sí.

—Pues bien, los niños son diferentes. Ellos encuentran el sentido mientras hacen las cosas, ni antes ni después.

El hombre suspiró.

Shūichi se puso de pie y se volvió hacia el ventanal en el preciso instante en que el tren naranja de la línea Chūo pasaba por la estación de Kanda y se lanzaba hacia Tokio. Lo imaginó hendiendo el agua, en lugar del aire, y que unas inmensas olas de color naranja arrasaban la ciudad a derecha e izquierda. Un aroma a cítricos invadió la nariz de Shūichi y él cerró los ojos.

—Así que un naufragio…

—Sí, Ishii-san, un naufragio.

Cuando salió de la oficina de la editorial, Shūichi enfiló la escalera en lugar de meterse en el ascensor. Tras las ventanas se entreveía el paso del tren y el vuelo alto de unos cuervos.

Mientras bajaba los treinta y dos pisos, pensó en el niño que todos los días robaba en su casa. Se preguntó qué objeto habría sustraído esa tarde del garaje. Si sería una sartén, un libro ilustrado o una herramienta de jardinería.

Sonrió al pensar en la cara que pondría cuando descubriera el regalo.

2

Para pescar un pez luna son necesarios un fondo tan negro como la tinta y un puñado de estrellas marinas. Para pescar un pez espada se requieren una red gruesa y una funda.

Para pescar un tiburón son indispensables una correa y un sinfín de caricias.

¿Y para pescar un pez-niño? ¿Qué hay que hacer para atrapar su corazón (y no hacerle daño)?

Hacía una semana, Shūichi se había despertado en plena noche. Jadeaba.

Su respiración era tan agitada que parecía haber corrido cuesta arriba en lugar de muy despacio. Había soñado que volvía a tener seis años y que repetía la función final en la guardería.

Todos los niños que lo rodeaban iban vestidos de rojo, con atuendos confeccionados en parte por los profesores y en parte por ellos mismos. Estaban adornados con unas pegatinas redondas que formaban palabras de agradecimiento; el sombrero estaba hecho con tiras de cartón y una goma elástica apretaba los extremos. En el suelo y bajo los pies había pedazos de celo y purpurina. Habían ensayado los pasos de baile durante mucho tiempo; la música, inspirada en una canción popular, se había modificado para cantar a la gratitud, la amistad de los seis años que habían pasado juntos, la alegría de los nuevos encuentros que volverían a transformar su horizonte. Después de ese día comenzaría, de hecho, la diáspora; dependiendo de dónde vivieran, los niños se repartirían entre las tres escuelas primarias situadas en un radio de diez kilómetros alrededor de la estación de Kamakura. Sucedería en abril, bajo los cerezos en flor.

Shūichi aguardaba a su madre. Entretanto, los padres de sus compañeros miraban con el asombro de quien entra en un mundo hecho a medida de los niños, se sentaban en el suelo y charlaban en voz baja. Su madre, siempre madrugadora, se estaba retrasando. Cuando, por fin, la vio aparecer por detrás de la cortina, con el bolso en la mano, el kimono ceñido a su menuda figura, los ojos enrojecidos, el maquillaje compacto y el labio hinchado, Shūichi entendió al vuelo que había ocurrido algo malo.

Su madre sonrió durante todo el recital. Se había sentado con las rodillas dobladas mientras Shūichi hacía todo lo posible por no imaginar nada. Pero lo que lo turbó a tal punto que siguió visitándolo periódicamente en sueños cuando creció no fue el ensayo, sino el regreso. El paso algo torcido de su madre por las oscuras calles de Kamakura y, sobre todo, por la noche, cuando Shūichi fingió que se iba a dormir y, en cambio, la espió inmóvil tras la puerta mientras ella se desmaquillaba frente al espejo. Siempre recordaría los gestos extremadamente lentos con los que ella se había untado la crema y la extraña magia por la que, en lugar de volverse blanca de nuevo, su piel se había teñido bajo el algodón. Azul noche y clavel rojo.

La imagen se detuvo entonces en el sueño y el terror de Shūichi ascendió en oleadas como una especie de tsunami de petróleo que le engullía la cara, descendía por su cuello, le retorcía un hombro, goteaba como un líquido oscuro sobre su pecho y, al final, licuaba a su madre.

En realidad, Shūichi no sabía a ciencia cierta si aquel día había ocurrido de verdad o si todo tenía su origen en un documental que había visto en la televisión, en los cotilleos sobre Koda-san, la mujer del barrio que tras años de violencia había denunciado por fin a su marido. Shūichi nunca se cercioró con su madre si había sucedido de verdad. Y no porque temiera que ella lo negara, sino más bien por lo contrario.

Después de todo, Shūichi creía que, si no se decían, las cosas podían guarecerse en los sueños.

Esa noche, Shūichi también se llevó la mano al corazón, se levantó y bebió un vaso de agua.

Tras regresar a la cama, buscó en su mente una imagen que lo sosegara. Entre las muchas que aparecieron sin saber por qué estaba la del misterioso niño cuyo nombre desconocía. Lo había visto pasar por el jardín aquella mañana, antes de las siete, demorándose con la mochila a la espalda y guiñando los ojos a causa del sol. Eran unos ojos curiosos e inteligentes.

La ternura que Shūichi había sentido lo había alegrado y alarmado a la vez. Fuera como fuere, había decidido ignorar la cautela.

Años más tarde, identificó en esa elección el comienzo de su tercera vida.

Shūichi había permitido que el niño lo espiara durante una semana.

Hacían turnos: cuando uno estaba sentado al pupitre del colegio, el otro dibujaba en la mesa de trabajo; luego, por la tarde, se citaban en la ausencia. Shūichi fingía ser la persona más distraída del mundo: hacía caso omiso de la sombra que se alargaba al atardecer delante de su casa, salía dejando entornada la puerta y el garaje sin vigilar para que se aireara. A veces, mientras bajaba hacia la ciudad, intuía el reflejo del niño en el cristal de una ventana, lo captaba con el rabillo del ojo al abrigo de las lápidas del cementerio o con la espalda apoyada en la empalizada del puente que atravesaba el Nameri, el río que marcaba, en el lado de Komachi, el final del camino del Túnel de la Concubina.

Una vez, durante un chaparrón, se habían cruzado en la angosta oscuridad del túnel y el eco de sus pasos había quedado ahogado por el retumbe de la lluvia. El niño había escrutado obstinadamente sus pies y Shūichi había hecho lo mismo, salvo en el instante en que los dos se habían vuelto para mirarse: un desfase de dos segundos los había salvado de descubrirse.

En cualquier caso, Shūichi tenía una enorme ventaja. Sabía que al regresar podría estudiar con calma al niño. Había instalado una cámara, la había escondido entre las cajas apiladas al fondo del garaje, encima de los accesorios de la vieja cocina.

En circunstancias normales no lo habría hecho, cuando menos por la escasa emoción que lo arrastraba por el mundo, pero la curiosidad por saber quién era el pequeño y qué relación había entablado con su casa había aumentado incluso al comprobar que lo que este robaba cada tarde carecía por completo de valor. Shūichi se había dado cuenta de que, en su caso, no le servía la indiferencia con la que solía protegerse.

Por las tardes desembalaba el *bentō*, despegaba los palillos de madera y, en una nube de salsa de soja, arroz blanco y croquetas de pollo, encendía el ordenador y exploraba las cintas entre las dos y las seis de la tarde.

En las grabaciones, en las que todo aparecía teñido con el tono azulado que adquieren las montañas vistas desde muy lejos, el niño destripaba las cajas, rasgaba la cinta aislante con la punta de un lápiz y las descarnaba con dedos nerviosos. Sacaba con cuidado los objetos y metía algunos en una gran bolsa de lona. Miraba con frecuencia su reloj de pulsera, como si pretendiera recordarse a sí mismo el paso del tiempo.

Shūichi se convenció de que estaba buscando algo, pero, mientras lo hacía, el material que había recogido en el garaje parecía hechizarlo.

Lo que más le asombraba era que todo hablaba al niño en aquel mar de trastos.

Shūichi empezó a recordar desde el instante en que lo vio manipulando los objetos con un sentimiento que había hecho todo lo posible por delimitar.

Su memoria retrocedió hasta el día de la muerte de su madre, se fijó tardíamente en los libros de texto que habían vuelto a la mesa del salón años después de que se hubiera jubilado. Vio la despensa llena de harina, levadura y chocolate, como en los días en que vivía en casa. Su madre no era golosa, excluía que hubiera podido consumir todas esas cosas.

Con mano firme, fue abriendo una a una las estancias de la memoria. Vio el globo terráqueo con el que solía intrigarle de niño instalado en el recibidor («¡El mundo es enorme, Shūichi, recuerda que, si un lugar te queda estrecho, siempre puedes marcharte! Huir no es en sí algo malo. ¡Viaja más bien, mira cuánto espacio hay en el planeta!»); se fijó en los juguetes que había precintado hacía dos años, ahora recolocados bien a la vista, en la bicicleta que se encontraba de nuevo en el jardín.

Al vaciar la casa junto con el trabajador se había dado cuenta de esas rarezas, pero había desechado todas las preguntas. Su madre había muerto, ¿qué más daba? Pero, por encima de todo, ¿qué sentido tenía condenarse a una curiosidad sin respuesta?

Shūichi siempre había odiado el suspense, porque interrumpía su vida. En su obsesión, no soltaba una historia hasta conocer el final. Empezaba los libros con una lentitud forzada, eligiéndolos de manera que cada párrafo lo satisficiera sin provocarle el anhelo de saber qué iba a ocurrir a continuación. A menudo, para disipar cualquier impulso, se ahorraba la competición y saltaba hasta el final. Buscaba la trama incluso en las películas y las series de televisión. Lo irritaba que no fuera posible hacer lo mismo con las personas ni con las elecciones más importantes de la vida.

Para Shūichi, lo nuevo era un azar insoportable.

El carácter de «nuevo» y cómo este fue creciendo a lo largo
de los años en el interior de Shūichi

l *kanji* de 新 *shin*, «nuevo», es la combinación de los caracteres 辛, 木 y 斤 —dijo su madre trazándolos en la pizarra del salón.
La había recibido cuando la escuela donde daba clases había cerrado sus puertas para ser reconstruida y ella pensó que sería maravilloso tener una en casa para practicar.

辛 era una especie de «aguja grande con mango», una herramienta que a Shūichi le costaba imaginar. Al final, tras una larga e inútil búsqueda, lo entendió como una especie de flecha pequeña. Al mirarlo le pareció incluso que su intuición se confirmaba: ahí estaba el astil, la pluma, la muesca en la que se acomoda al arco. Su madre le explicó que solía lanzarse para que eligiera el arbusto (木) que debía talarse para fabricar objetos sagrados, como las tablillas funerarias.

Mientras ella trazaba la historia con tiza, Shūichi imaginó que en la antigua China los hombres agarraban por la fuerza aquel objeto informe y lo arrojaban al aire para averiguar a dónde iba; luego lo talaban con un hacha (斤). Descubrió que la costumbre de lanzar una flecha sagrada era antigua y que el ritual también se celebraba cuando se construía un edificio importante: la obra iniciaba en el punto en que se clavaba la punta.

—¿Sabes, Shūichi? Ese *kanji* contiene todo el procedimiento.

El niño recordaba que la voz de su madre crecía y se hinchaba con el tono entusiasta propio de la maestra de primaria que era. Volvía a verla mientras le explicaba que talar ese árbol en particular, elegido por la divinidad mediante un complejo ritual, en lugar de por los hombres, se había convertido con el tiempo en sinónimo de «nuevo inicio, novedad».

—Por ese motivo —concluía—, aún se utiliza 新 para aludir a algo nuevo.

La historia había fascinado a Shūichi, al igual que la extraordinaria transformación que se había producido en su madre: había nacido para enseñar. Si por algo había sentido celos cuando era niño, era por el tiempo que ella pasaba en el colegio con sus alumnos.

A los diez, veinte y cuarenta años, Shūichi aún estaba convencido de que todo lo nuevo guardaba relación con un destino, con una flecha que elegía un árbol y un hacha que lo talaba, pero, por encima de todo, con el objeto grande y sagrado que luego se realizaba con la madera.

Para Shūichi, lo nuevo siempre sería portador de la confianza, la elaboración y el azar.

S e le había ocurrido la idea de hacer ese regalo porque sabía que un pez-niño solo se pesca con trocitos de uno mismo.

Había pasado varias horas dibujándolo. Había empezado despacio, imaginando un único esbozo en el centro de la hoja, pero este después había crecido enseguida, como una planta de aguacate brota desde el hueso. Había sucedido en el preciso momento en que había superado su miedo sin fundamento a la familiaridad (sabía a ciencia cierta que jamás lo había conocido) que, sin embargo, había sentido desde un principio hacia el niño. Percibía una similitud inexplicable que lo hacía sentirse expuesto. Fuera como fuere, sabía que aún podía mantenerlo a raya, así que agarró un lápiz y eligió el papel.

Tras finalizar el primer dibujo, se dio cuenta de que quería seguir adelante. Antes de empezar el segundo, había vuelto a dudar, pero solo porque era consciente de que, una vez dibujado algo, nunca podría olvidarlo.

Cuando oscureció, encendió su lámpara de trabajo y empezó el tercero.

De esa forma hizo un estudio de personaje, una página entera con veinticuatro bocetos que primero trazó a lápiz y luego coloreó con acuarela. Era el niño, los rasgos definidos con la precisión del profesional que sabe captar, más que el rasgo perfecto, el punto indefinido donde el alma acecha y hace converger todo.

Lo había descrito con unas pequeñas esferas en las que su cara aparecía declinada en la alegría, la sorpresa, la alerta; ahí se lo veía inclinado sobre una caja, luego de perfil con su mochila, mordiéndose las uñas y estornudando.

Cuando terminó, se dio cuenta de que ya era plena noche. Hacía años que un dibujo no lo había absorbido al punto de llegar a olvidar la cena. Sacó el sello del cajón, lo empapó en la almohadilla impregnada de tinta escarlata y estampó su firma en el ángulo inferior derecho de la hoja. Se acostó satisfecho, pensando en cuál sería la mejor manera de dárselo al niño.

No podía predecir lo que sentiría el pequeño, pero sabía que lo más probable era que no reaccionara como él pensaba. Al menos, no al principio.

Asumió el riesgo.

Al día siguiente, puso el periódico a la vista en el garaje, desenchufó la cámara y se dirigió hacia la estación.

Tenía una cita en Tokio con su editor. Quería hablarle de un libro que lo obsesionaba desde hacía tiempo, sobre un sueño que había tenido y un niño que se enfrentaba a un naufragio.

*Por qué Shūichi creía que un pez-niño solo se podía
capturar con pedacitos de uno mismo*

L a causa era un cuento que Shūichi había leído durante
la infancia.

Se trataba de la historia de los habitantes de un pueblo
remoto que emprendían un viaje para descubrir la manera de
curar un mal extraño que afligía por igual a los hombres, las
mujeres, los viejos y los niños.

En el interior del cuerpo de cada uno se formaban casi a
diario unos pequeños agujeros, unos espacios del diámetro
de un lápiz y tan profundos como la punta. Los agujeritos se
abrían y cerraban sin parar durante toda la vida: se llenaban
cada vez que las personas encontraban algo que las hacía felices, pero la dicha no duraba para siempre y, salvo algunos
casos misteriosos, los agujeros volvían a abrirse incluso después de haberse cerrado.

Tras varias décadas de nomadismo, el pueblo había llegado al camastro de un bonzo. Cuando le preguntaron
cómo podían llenar de una vez por todas los orificios, el
viejo sabio les explicó que la única materia capaz de cica-
trizarlos no debía ser completamente nueva y ajena a sí
misma, sino «algo que en su origen formara parte de su
propia esencia». Solo así se podrían reparar definitivamente. El cristal se componía con el cristal, la lana con la lana,
la carne con la carne.

De igual forma, los sentimientos más auténticos debían
iniciar y terminar en sí mismos, la alegría tenía que ser inde-
pendiente de la respuesta del mundo, la felicidad no podía
depender de nadie.

En pocas palabras, todo residía en buscar fuera lo que estaba en el interior.

El primer paso, sin embargo, era el más complicado: comprender qué había en el interior de uno mismo.

Shūichi no recordaba el final del cuento, si los agujeritos habían cicatrizado al final, si el pueblo había dejado de peregrinar. Tampoco supo nunca el título, porque no lo buscó. Lo evitó a toda costa por temor a recordar una historia diferente.

Cuando Shūichi regresó a casa, descubrió que no se había llevado nada.

No había ni rastro del niño ni del dibujo en el garaje. Pensó que debía de haberse asustado y se arrepintió de haber apagado la cámara y de haber puesto el papel a la vista.

El niño no dio señales de vida en los siguientes días. Tras una semana de ausencia, Shūichi sintió la tentación de ir a buscarlo, pero se dijo a sí mismo que, a fin de cuentas, era bueno dejar que la vida siguiera su curso.

Lo cierto era que creía que, aunque no regresara de forma voluntaria, Kamakura era tan pequeña que en un par de días probablemente coincidirían en el supermercado, en una cola frente a un santuario o, simplemente, sentados en un Starbucks a unas mesas cercanas. Salvo los turistas, en la ciudad la gente era siempre la misma.

Se equivocaba.

Pasaron más de dos semanas y cuando Shūichi por fin lo vio, el niño estaba de pie en el puente Tōshoji, en una posición grotesca. Su corazón latía desenfrenadamente, y el hombre, al verle la cara tensa y la mandíbula contraída, se preguntó por un momento si no estaría temblando por él. Pero el niño ni siquiera había notado la presencia de Shūichi. Su corazón estaba inquieto, pero él no era la causa.

En realidad, estaba tratando de escapar de los corazones de dos jóvenes que la tenían tomada con él.

Con toda probabilidad, eran los últimos coletazos de una burla que había comenzado en el colegio y se había prolongado hasta allí.

No debía de ser siquiera la primera vez. Al contrario, se percibía una especie de ritualidad de la que eran conscientes tanto el agresor como la víctima.

—Devuélvemelo —decía el niño con voz crispada.

—Pero ¿por qué eres tan lento? —se burlaba de él uno de los otros dos, el más bajo.

El otro se mofaba también de él, ensañándose en el escarnio. Los tres llevaban el mismo uniforme.

Más que humillado, el niño parecía agotado. Se enfrentaba a ellos con gran fatiga.

Shūichi se dio cuenta de que uno de los dos chicos tenía algo en una mano y que lo agitaba en el aire y lo apartaba cada vez que el niño intentaba agarrarlo. Cuando se abalanzó por enésima vez para recuperar lo que le pertenecía, puede que harto ya del juego, el niño más bajo arrojó lo que fuera por el pretil del puente, por donde fluía el río Nameri. Todos se asomaron instintivamente.

Shūichi también se precipitó hacia adelante, en dirección al puente. Sorprendidos por el sonido de unos pasos, los dos chicos se volvieron hacia el hombre que estaba detrás de ellos. Sin saber si el adulto tenía alguna relación con el niño o quería regañarlos, echaron a correr. Las carteras de cuero repiqueteaban en sus espaldas y su sonido se mezclaba con el de los pasos y las risas.

El niño vio a Shūichi en ese momento. Se quedó parado, herido.

Esta vez, ninguno de los dos bajó la mirada.

—Por aquí, rápido.

Shūichi señaló una escalera formada por unos gruesos bloques de piedra que arrancaba en el lado derecho del puente y llegaba hasta el río. Los peldaños estaban burdamente tallados y cubiertos de musgo y de una desordenada vegetación. Bajaron con precaución, apoyándose en la pared rocosa.

El folio estaba encima de una de las losas de piedra que componían el fondo del río. Había esquivado milagrosamente la corriente, porque ese día el agua estaba baja.

—Quédate aquí y sujétame esto, por favor —dijo Shūichi al niño tendiéndole su cartera—. Procura que no se moje.

A continuación, se quitó los zapatos y los calcetines, dobló el bajo de las perneras de los pantalones y, dando pequeños saltos, alcanzó el folio. Cuando lo agarró, se volvió con una sonrisa hacia el niño y lo agitó como un trofeo.

—Solo se ha mojado el borde, si lo pones al sol, se secará enseguida —dijo—. El papel se encrespará un poco, pero, por suerte, es grueso.

Shūichi lo reconoció en ese momento.

Era el dibujo con los veinticuatro retratos que había hecho, el estudio del personaje.

—¿Me quiere reñir? —preguntó Kenta cuando regresaron al puente—. ¿Se lo va a decir a mi madre?

—No la conozco —contestó Shūichi—, pero la verdad es que me gustaría saber por qué te has llevado tantas cosas que pertenecían a la mía.

No empleó el verbo *robar*, tuvo la impresión de que el hurto se debía a razones más profundas. «Cuando no sepas lo que sucede, evita juzgar», era el lema de su madre.

El niño guardaba silencio.

—Soy curioso, eso es todo.

—Allí dentro también había cosas mías —replicó por fin el niño en un tono que a Shūichi le sonó resentido. Parecía ofendido por algo que aún no había explicado.

—¿No podrías habérmelo dicho? Te habría ayudado a buscarlas...

—Estaba destruyendo la casa de la señora Ōno, temía que lo tirara todo.

—No estaba *destruyendo* la casa, estaba, en todo caso, *renovándola*. —Shūichi sonrió.

El chico permaneció serio, no parecía convencido.

—Y, de todos modos, podrías haber llamado a la puerta, habría bastado con que me lo dijeras.

Shūichi repitió la frase, pero a mitad de ella ya preveía el final. La mente de los niños razonaba de manera completamente diferente. Si aquel niño no confiaba en los adultos, seguro que tenía buenos motivos para hacerlo.

—¿Conocías desde hacía mucho tiempo a mi madre, quiero decir, a la señora Ōno?

—Me ayudaba con el colegio.

Shūichi asintió con la cabeza.

—Ven a casa, así me lo explicarás todo y buscaremos también tus cosas.

El chico no contestó, pero lo siguió hasta que sus andares se alinearon.

—¿Dónde vives?

—Allí.

Su dedo se posó en el comienzo de una callejuela paralela a la que llevaba al Túnel de la Concubina y que, a su vez, trepaba por la montaña. Allí arrancaba el camino que subía hasta el santuario de Yakumo-jinja.

—¿Cómo te llamas?

—Kenta.

—Kenta...

El niño se metió una mano en un bolsillo y sacó algo. Se volvió hacia Shūichi y le tendió la palma.

—¿Qué es?

El niño lo miró un momento a los ojos y luego posó la mirada en el pedacito de metal.

—La señora Ōno me la regaló el día de mi cumpleaños.

Shūichi comprendió.

—Se ha roto —dijo—. No la robé.

—Te creo.

Era propio de su madre hacer un regalo de cumpleaños tan absurdo a un niño. Darle un objeto, pero, en realidad, entregarle un concepto: la llave de casa y, con ella, toda su confianza.

DOKI DOKI

—¿Cuántos años tienes?

—Seis. ¿Y tú?

—Ocho. Estoy en tercero de primaria. Este año estoy aprendiendo muchos *kanji*, como el de «estación» o el de «nadar»... que es como el de «agua», solo que más complicado.

—Todavía no sé escribir. No se me da bien.

—Escribir es guay —exclamó con altivez el niño mayor.

—¿Por qué?

—Porque puedes parar las cosas.

El semblante del niño más pequeño se ensombreció. No entendía y, al no entender, se entristecía.

—¿En qué sentido?

—La gente habla demasiado rápido, se me olvida todo, pero si lo escribes puedes recordarlo.

—Pero, aunque no lo recuerdes, no pasa nada.

—Depende. Es bonito recordar siempre algunos discursos.

Ese año, en las clases extraescolares solo había profesores a tiempo parcial, jóvenes, desmotivados y con escasa experiencia.

Los padres de Kenta pagaban por las tardes de estudio, pero el niño podía irse a casa si lo deseaba. Tener ocho años era un maldito fastidio: la escuela, los deberes y los compañeros con una extraordinaria memoria para los errores ajenos. Hasta la libertad lo cansaba.

Así pues, Kenta salía de la escuela y luego caminaba absorto en sus fantasías, hablando en voz alta algunas veces, canturreando y pateando arroyuelos de aire. Miraba hacia el puente Tōshoji, lanzaba al vacío las ramitas o las piedras que había recogido en la calle y de vez en cuando se sentaba en un banco a leer un *manga*.

En el colegio no le iba mal, pero no se esforzaba. En cualquier caso, lo más grave, le había dicho un día la señora Ōno, era que no se divertía: «Si no te diviertes en el colegio, ¿de dónde crees que llegará la felicidad?».

Mientras lo escuchaba hablar, Shūichi completaba mentalmente las frases entrecortadas de Kenta. Le habló de las mañanas en el colegio, de las tardes que transcurría con la señora Ōno, de la vida en casa con sus padres, de un viaje que había hecho hacía dos meses a una granja en Chiba; incurrió en las elipsis y los saltos típicos de los niños, cuya lógica radica sobre todo en los sentimientos, de manera que Shūichi no acababa de comprender lo que Kenta trataba de decirle, los detalles en los que se sumergía de repente, pero, aun así, todavía no hacía preguntas.

Sabía que los pequeños invertían el orden lógico de las palabras dependiendo de la intensidad de la emoción que experimentaban: lo único que había que hacer era esperar.

En cualquier caso, lo que más le excitaba era oírlo hablar, el sonido de su voz, el leve tartamudeo que ralentizaba ciertas palabras, y quizá por eso no conseguía concentrarse por completo. ¿Qué era ese palpitar?

En realidad, Shūichi intuía el motivo, pero lo desechó.

—¿Tienes hambre? —lo interrumpió cuando Kenta también pareció perderse.

—Sí…, pero supongo que también has tirado el chocolate de la señora Ōno.

Shūichi sonrió ante las incesantes acusaciones de Kenta. No le perdonaba que hubiera puesto la casa patas arriba. Cuando supo que el niño la había visitado casi a diario durante más de un año, comprendió la razón.

Fuera como fuere, lo que más le asombraba era que su madre nunca le hubiera hablado del niño. ¿Por qué no le había dicho nada sobre Kenta?

—No hay chocolate, pero si quieres puedo hacer tortitas. ¿Te gustan?

—¿Tienes mermelada de fresa?

—Creo que no.

—¿De melocotón?

—Tampoco.

—¿Miel?

—Vaya, veo que eres exigente. —Sonrió Shūichi.

—Cuando se hace algo, hay que hacerlo bien.

El eco de esas palabras, pronunciadas con la entonación exacta de su madre, se extendió por la cocina. Cayó al suelo, como si se le hubiera escurrido de las manos un vaso lleno de agua.

—¿Qué te parece si vamos a hacer la compra?

Mientras el chico agarraba su chaqueta y planeaban juntos la ruta que iban a seguir, en qué tiendas iban a entrar y por qué lado de la montaña iban a bajar y, al mismo tiempo que Kenta enumeraba los platos que quería comer como si ya confiara plenamente en él, Shūichi se preguntaba en qué parte de la historia se encontraban, si al principio, en el medio o al final. Y a la vez temía que siempre le iban a faltar demasiados elementos para entenderlo. «Si puedes, cuéntame cómo empezó…», le habría rogado aun a sabiendas de que es posible iniciar una historia desde cualquier parte: tarde o temprano se comprende dónde acabará.

Shūichi tardó más de una semana en averiguar exactamente cómo había conocido el chico a su madre.

Era un día de otoño y Shūichi pensó que las cosas importantes de su vida siempre ocurrían en esa estación del año.

Había sucedido al principio del camino que conducía al Túnel de la Concubina y del que también arrancaba el sendero que se curvaba montaña arriba y donde se erigía la casita de dos plantas en la que vivía el niño. Los padres de Kenta no se llevaban muy bien: el niño había pedido un hermano durante un par de años y al final había desistido. En ese momento, le habría bastado que, en lugar de pelearse, hubieran aprendido a guardar silencio.

Aquel día, la señora Ōno volvía del mercado y había empezado a subir la cuesta cuando se le rompió la bolsa de la fruta. Kenta había visto rodar tres manzanas por el camino: una se había quedado atascada en el hueco de la escalera de una casa, otra casi le había rozado los zapatos y la tercera seguía dando tumbos.

Kenta recogió rápidamente la fruta y corrió hacia ella.

—¿Manzanas? —preguntó Shūichi.

—Manzanas —respondió Kenta.

—¿Y luego?

Luego ella le había preguntado en qué curso estaba, qué estudiaba y si le gustaba, y qué era exactamente lo que no le gustaba y por qué: la señora Ōno hacía un montón de preguntas. Kenta había mencionado entonces los *kanji*, que parecían insectos y siempre se le escurrían de las manos, y ella lo había invitado a casa a merendar y a ver si juntos descubrían la manera de atraparlos.

—Porque son preciosos, ¿sabes? —le había dicho. El hecho de que aquellos insectos fueran difíciles de atrapar y, sobre todo, de sujetar, solo significaba que eran valiosos, que estaban vivos y que el esfuerzo valía la pena.

La señora Ōno podía ver los *kanji* igual que él, como criaturas con mil patitas y antenas, con una asombrosa aptitud para el camuflaje, y esto, más que cualquier otra cosa, más que las meriendas a base de tartas de fruta y semillas que llegaron en su momento, más que los chocolates calientes con pedazos de chocolate de verdad derretidos dentro, e incluso más que una serie de extravagancias particulares que solo una mente infantil era capaz de imaginar, lo conquistó. El resto lo hacía la casa, que parecía abrazarlo cada vez que se asomaba a ella.

A medida que iba escuchando a Kenta, Shūichi se daba cuenta de que una parte de su madre se había instalado en él. Sabía el riesgo que corría, pero la alegría de oírla tan viva en las palabras del niño le producía tal sensación de bienestar que Shūichi no lograba defenderse.

Después del incidente de las manzanas, continuó Kenta, habían empezado a encontrarse casi por casualidad todas las tardes. Ya al día siguiente, encima de la mesa del salón donde hacía unas horas había comido varios pedacitos de manzana con miel de acacia, el niño había hallado apilados un montón de textos del tercer curso.

—Si hacía una pregunta, ella respondía y me lo explicaba mejor que la profesora del colegio; lo entendía todo enseguida y nunca me sentí inadecuado —murmuró.

En realidad, para Kenta lo más extraordinario de la señora Ōno era que admitiera cuando no sabía algo. «¿Sabes que no lo sé?», «¿Sabes que no me acuerdo?», decía riéndose y a continuación se lanzaba con él a buscar la respuesta, con una alegría mayor que la que manifestaba cuando la conocía de antemano.

La anciana nunca le dijo que la visitara todas las tardes, pero ya en el camino él comprendía que ella lo estaba esperando. Un aroma a tarta, tortitas, confituras de fruta y *dorayaki* de nata envolvía la casa, y Kenta tenía la impresión de percibirlo a cientos de metros de distancia.

No se lo dijo a Shūichi, pero incluso después que la señora Ōno se hubiera ido y él, en lugar de correr a su casa a merendar y contarle todas las cosillas y minucias del día, escapaba de sus compañeros de colegio y vagaba por el barrio hasta que sus padres regresaban por la tarde, incluso en ese momento, a veces percibía la caricia de azúcar y mermelada en el aire y subía, se encontraba la puerta cerrada, sentía una punzada de dolor que no sabía dónde remediar, si no allí, en el recoveco del corazón donde se había agazapado la anciana que le enseñaba el orden de los trazos y la maravillosa historia de los *kanji*, y que lo mimaba preparando cada día una nueva merienda solo para él.

Hasta entonces, Kenta jamás había sido objeto de tantas atenciones.

Cuando Kenta terminó de contarle su historia, Shūichi tuvo la certeza de que podría haber seguido durante días.

Al resumirla parecía demasiado sencilla: su madre había acogido a un niño del barrio que le había parecido perdido, lo había hecho estudiar, había cocinado para él; entretanto, él aprendía, se divertía y le hacía compañía. Ella hacía feliz al niño y el niño la hacía feliz a ella.

Aun así, Shūichi intuía que Kenta le ocultaba algo. No sabía si tenía que ver con él, con su madre o con algo que el niño sabía de Shūichi y que no le preguntaba.

¿Cuántas cosas de su vida le había contado su madre? ¿Qué partes de la historia de Shūichi conocía? Y ¿por qué su madre nunca le había mencionado al niño?

En caso de que hubiera algún secreto, lo descubriría a su debido tiempo.

—¿Te gustó el dibujo que te hice?

El niño asintió con la cabeza.

—Pero me lo han estropeado.

—Da igual, si quieres te hago otro.

Desde que los había encontrado en el garaje, Kenta había contemplado embelesado los retratos que Shūichi le había regalado. Había metido el papel en la carpeta, lo había abierto a hurtadillas en el colegio, en el pasillo, en clase, en el cuarto de baño, entre las páginas del libro de texto sentado en un banco. En cualquier caso, nunca lo aplanaba del todo, como si guardara una sombra en su interior. Esa actitud era precisamente la que había atraído la atención de los dos niños.

«A tu edad, no debes dejar que la gente sepa lo que te importa», habría querido explicarle Shūichi, esa era la primera regla para ganarse el desinterés de la gente, para que te dejaran en paz.

En realidad, Shūichi sabía que, para tener éxito en ese intento, era necesario espesar la membrana que separaba el yo del mundo, silenciar la alegría de estar vivo. El problema era, sin embargo, que, al no expresarlas, las cosas buenas enmohecían. ¿Merecía la pena? No había dado con la respuesta a esa pregunta en cuarenta años.

Prefirió guardar silencio.

Luego, un día, encontró entre las páginas de uno de los libros de texto que había sacado del garaje la lista que Kenta había escrito de su puño y letra y en la que enumeraba los métodos para sobrellevar los ocho años. Así fue como comprendió que el niño y él eran iguales.

La lista de Kenta para enfrentarse a los ocho años

1. Para bajar el volumen del mundo: ponerse tapones.
2. Para restarle importancia: no atribuir un nombre a las cosas (no llamar a la silla ni a la hora, aún menos a un compañero de clase).
3. Para no ver nada: mirar fijamente una bombilla (bastan unos segundos y todo se transforma en una extensión de manchas amarillentas).
4. Para no percibir ningún olor: respirar por la boca, procurar no comer (así te ahorras también el sabor y no te dejas tentar por las papas ni permites que te chantajeen con la amenaza —o la promesa— de cosas buenas).

3

El deporte preferido de Shūichi era el surf.

Sabía que algunos, antes de entrar en el mar con la tabla, estudiaban las corrientes, la temperatura del agua, la morfología de la costa para prever la altura, la fuerza y la frecuencia. En cambio, a él lo había conquistado el impulso instintivo de saltar sobre una ola en el caso fortuito de que llegara. En Kamakura no existían las encrespaduras modestas, pero, en lugar de desmotivarlo, esa escala reducida lo convencía. Shūichi se decía que el surf estaba hecho a su medida, porque le permitía ponerse a prueba: no tanto por la capacidad de permanecer de pie mientras todo se agitaba a sus pies, sino por la paciencia de esperar a que apareciera la ola perfecta y, por encima de todo, por saltar también a la mediocre que se presentaba de repente.

¿Era eso lo que elegía cuando elegía entrar en el agua?

En la nada de la bahía de Sagami, en el mar plano, los surfistas eran devueltos a la playa y allí, con una inercia absoluta, llegaba la ola. Una ola cualquiera que él desconocía por completo. Entonces, Shūichi, sin considerar siquiera la posibilidad de esperar una mejor, aferraba la tabla y empezaba enseguida a nadar.

Kenta había entrado en su vida de igual manera.

Lo mismo sucedió con Sayaka.

Desde la calle era suficiente asomarse unos diez metros para ver los raíles y el morro del andén, al que, sin embargo, solo se podía acceder oficialmente desde la estación, que estaba mucho más allá.

A Shūichi le encantaba aquel punto de la ciudad, le parecía estar en uno de esos lugares únicos desde los que es posible observar a la humanidad en secreto, espiarla desde debajo del mantel. Siempre le había parecido un lugar especial: toda la espera del mundo se concentraba en los andenes de las estaciones.

Envuelto en la noche, el restaurante de pescado y sake Sararin se defendía con una lámpara de papel rojo y con el triángulo del escaparate habitado por una única y trémula luz.

Entró y se sentó en el lugar más apartado. Shūichi imaginó la sorpresa que sentiría Kenta al ver aquella carta que recitaba el nombre y apellido de los pescados, indicaba sus partes y sus apodos. La había dibujado la hija del dueño, que ahora tenía dieciséis años y asistía a una escuela de arte, porque aspiraba a convertirse en una *mangaka*. Recordaba que había hablado con ella y solo por el tono comprendió que lograría su propósito. Shūichi pensó que a Kenta le gustaría ese lugar y también hablar con ella.

Sonrió. Se dio cuenta de que ese era el punto: sabes que te has encariñado con una persona cuando la ves donde no está. Y, a pesar de que Kenta no estaba allí, Shūichi podía verlo riendo a su lado.

Shūichi ya había bebido su tercer vasito de sake. El perfil del bar se había difuminado, el sabor descompuesto.

Sayaka había aparecido de repente a su lado y él se preguntó si la había llamado o si se había sentado a su mesa por error.

Solo cuando ella le preguntó: «Pero ¿de verdad no se acuerda de mí?», Shūichi hizo un enorme esfuerzo para concentrarse. Inmovilizó las paredes, clavó la mesa, detuvo las copas y le ordenó callar con un ademán.

La agarró del brazo y, presionando con el pulgar el interior de la muñeca y rodeando el dorso con los otros dedos, escuchó.

—¿Me está tomando el pulso?

—¿Nunca lo ha hecho?

Sayaka negó con la cabeza.

—Eso significa que no nos conocemos tan bien —murmuró Shūichi soltándole la muñeca.

—No sé cuantificar ese «tan», pero la última vez me dijo que no tenía nada que darme.

—¿De verdad te dije eso?

—«No tengo nada que darle», me dijo exactamente, palabra por palabra.

—Y estaba sobrio…

—¿Acaso eso cambia algo?

—Quizá no…

Empezaron de nuevo. Shūichi fue el primero en comenzar. No lo dijo para no interrumpirlo, pero ella ya lo sabía todo.

—Soy ilustrador, autor de libros infantiles.

—Muy famoso —añadió ella sonriendo levemente.

—Puede ser —respondió él.

—No sea modesto.

Shūichi había ganado varios premios, su obra aparecía en las revistas más importantes y en los periódicos. Además, organizaba exposiciones periódicamente, pero no era modesto. Al contrario, con los años había comprendido que la alegría de las cosas se experimenta no revelándolas y sintiéndose feliz a pesar de todo por el único motivo de saber que son ciertas.

—¿Y le gusta? —preguntó Sayaka.

Respondió que no habría sabido qué otra cosa hacer, pero lo cierto era que, después de veinte años, Shūichi seguía haciendo ese trabajo porque le complacía cambiar la forma de las cosas. Por encima de todo, le encantaba el inicio, cuando empezaba a escribir un nuevo libro y pasaba días enteros en la biblioteca: entraba en ella con una sola palabra y salía con un bosque. Luego, en los días sucesivos, escribía, anotaba los datos más interesantes. Se abrían estuarios, se ensanchaban ríos. Todas sus historias nacían así, en el punto exacto donde la vida interior terminaba para mezclarse con la exterior y él olvidaba lo que significaba ser *solo uno mismo*.

En una ocasión, en el curso de una entrevista, una periodista le había dicho que cuando hablaba parecía un *bing bang*: que era asombrosa la manera en que una idea se expandía estallando en una supernova. «Me sorprende pensar en ilustraciones e ilustraciones llenas de infinitos detalles como las que dibuja usted, ventanas que se abren a mundos novísimos, y que todas partan de una minúscula idea». Bueno, la había corregido Shūichi, lo más difícil era identificar la esencia, delimitar el hambre de infinito inherente a cada historia. Estaba allí, en esa partición en la que él se reconocía.

Por esa razón se quedaba con el trabajo final y tiraba los borradores preparatorios. El resto lo confundía, a pesar de que lo conmovía el sacrificio de todas las cosas minúsculas que desaparecían para abrir paso a la forma definitiva.

—¿Y tú?

—Me ocupo de los cadáveres, preparo a los difuntos para su último evento.

—Funerales…

—Ayudo a los que se quedan a dejarlos marchar. Lavo los cuerpos, maquillo las caras, visto a las mujeres y a los hombres.

Shūichi alzó la mano.

—Espera —dijo.

Sayaka esperó.

—Me acuerdo de usted.

Sayaka habló y su voz trajo al restaurante el penetrante olor del incienso, la suavidad de las flores que celebraban el propio final y el de los demás, las cremas al aroma de rosas y peonías con las que masajeaba los cuerpos.

Shūichi la escuchó atentamente y le tomó el relevo cuando terminó. Él, a su vez, trajo a la habitación el olor de las virutas de los lápices afilados, del papel que se extiende áspero en los cuadernos y liso en los libros recién impresos.

En los diez metros cuadrados del restaurante de pescado y sake desarrollaron la historia del hermano de ella, que estaba a punto de casarse con una mujer que veía colores invisibles en las personas, y la historia de la madre de él, la que había estado con Shūichi, y de la mujer que había estado con los demás. Las había tenido a las dos, murmuró, y a las dos las había sentido verdaderas.

Hablaron en voz baja de la manera en que cada madre, cada padre y cada persona que uno conoce es una traición constante. ¿Cuál es la verdadera persona? La mujer que solo ha sido «nuestra madre» para nosotros, ¿dónde va a parar? ¿Cuál es la verdadera? ¿La que está *con* nosotros o *sin* nosotros? Se preguntaron qué era más importante, si lo que se podía ver o lo que permanecía atónito en el corazón.

—Y ahora está este niño… por lo visto pasaba todas las tardes con mi madre y no sé nada de él salvo lo que me cuenta.

—¿Duda de lo que dice?

—No… o puede que sí. Siempre he preferido no apegarme demasiado a la verdad.

—Por eso el niño sale ahora con usted en lugar de con su madre.

—Sí, se podría decir eso.

—Bueno, él la eligió. —Sonrió Sayaka—. El niño la eligió a ella. Me parece algo precioso.

—Creo que está muy solo. Tiene problemas en su familia.

—Todos nos sentimos solos y todos tenemos o hemos tenido problemas en la familia, pero no todos somos capaces de confiar, la confianza es algo impagable.

Siguieron hablando en voz baja. De vez en cuando, un tren atravesaba el silencio, los cuervos alzaban el vuelo, los milanos patrullaban el cielo y el estridor se perdía a lo lejos. Los convoyes se deslizaban por la ladera de la montaña antes de desvanecerse.

—¿Y qué hacen?

—Nada especial —respondió Shūichi. Kenta hacía los deberes, hojeaban juntos las enciclopedias de animales, que eran su mayor pasión, él consultaba sus libros y tomaba apuntes, comían tortitas y pasteles. Kenta era un niño obediente, aunque quizá fuera así porque nadie lo vigilaba.

—Ciertas cosas solo se hacen si hay alguien que te prohíbe hacerlas.

Allí los niños disfrutaban más o menos con las mismas cosas. Iban en bicicleta por las calles interiores, jugaban a las canicas, recogían ramas largas y luego las arrojaban al mar. El tiempo siempre transcurría.

Sayaka se levantó para ir al servicio, se echó un chal a los hombros.

Al alzar la mirada, era casi medianoche.

Cuando el silencio los rodeó, se dieron cuenta de que se habían quedado solos. Los demás clientes se habían marchado hacía ya mucho tiempo, solo quedaba el perfil remoto del propietario, que ordenaba los platos y los cuchillos.

Sobre la confianza, que, según Shūichi,
era un arco y una flecha

L a ciudad había bajado la voz hasta callar.
El último tren llegó y volvió a marcharse mientras la noche se instalaba definitivamente. Cualquiera que deambulase en ese momento por las calles de Kamakura debía de hacerlo por una buena razón.

Sayaka y Shūichi cruzaron Wakamiya-ōji en el punto donde la avenida central que llevaba al santuario Tsurugaoka Hachimangū alargaba las piernas.

—La acompaño a casa —dijo Shūichi, pero Sayaka respondió que era suficiente que lo hiciera hasta la bicicleta.

—¿Dónde está?

—En el paseo marítimo, la dejé allí, hoy me apetecía caminar.

—¿Le sucede a menudo?

—Sí, me sucede a menudo. Me siento mejor cuando muevo las piernas.

Las frondas de los cerezos distribuidos con marcial regularidad a ambos lados de la avenida oscilaban copiosamente a diferencia de los faroles de piedra, que permanecían firmes.

—Usted preparó a mi madre para el funeral —dijo Shūichi—. Ahora me acuerdo.

Sayaka sonrió.

—Era una mujer hermosa, elegante. Se conservaba muy bien. Esas son cosas en las que te fijas y con las que disfrutas.

—¿No siempre es así?

—No, y es bonito cuando la gente se cuida hasta el final.

La confianza es un arco tenso. Como el miedo de Guillermo Tell, quien miró fijamente la manzana colocada en la cabeza de su hijo y disparó la flecha consciente de que, si fallaba, se clavaría en el pecho la segunda, que llevaba escondida en la chaqueta.

—La leyenda dice que el tirano lo obligó a realizar ese acto, pero yo creo que lo hizo por sí mismo, para no sobrevivir a su hijo.

Andaban por el centro del camino, donde se reunían las sombras de los olmos y los vientos. El aire les azotaba la cara llevando el mar consigo.

—Existe una fotografía de 1980 de una actuación de Marina Abramović con Ulay, su pareja de entonces. Ella sujetaba un gran arco, él tensaba la cuerda y los dos agarraban la flecha que apuntaba al corazón de ella. Un micrófono apoyado en su pecho amplificaba el retumbe, la tensión de los dos se traducía en sonido y, al mismo tiempo, en gesto. Duró cuatro minutos y veinte segundos, pero parecían una eternidad.

Shūichi sacó el móvil, se detuvo un momento para mostrar a Sayaka la imagen oblicua de un hombre y una mujer enfrascados en lo que parecía un ritual amoroso.

Mirándolos desde arriba, tendidos sobre la línea perfectamente recta de Wakamiya-ōji, que se lanzaba al océano desde el santuario, Sayaka y Shūichi parecían un punto brillante en la oscuridad de la noche.

—Es fascinante —murmuró Sayaka.

—Lo estudié para un libro que nunca llegué a entregar. Imaginé que lo usaba para expresar que el amor nunca viene solo. El miedo lo acompaña en cada paso del camino.

—En efecto, si Ulay se hubiera distraído y se hubiera dejado llevar, la flecha habría atravesado el corazón de Marina.

—Amar es precisamente correr ese riesgo.

—Sea como fuere, usted ya me contó esa historia.

—¿En serio? —Shūichi se detuvo sorprendido.

—Fue cuando me dijo que no tenía nada para mí. «No tengo nada que darle», dijo.

—Lo siento.

—No debe sentirlo. Más bien me sorprendió, fue como si hubiera querido prever algo que, la verdad, no se me había ocurrido. Nunca he sido tan rápida.

—Hacía poco que me había separado.

—Veía peligro en todas partes. —Sonrió Sayaka.

—Probablemente sea así.

En el funeral de su madre, hacía un par de meses, Sayaka había lavado y vestido el cuerpo de la mujer y había maquillado con delicadeza su cara. Shūichi, que llevaba mucho tiempo ausente, regresó a ese jueves, a la hora precisa en que todo había sucedido, justo gracias a Sayaka, a la mujer menuda a la que aún no conocía y que se escabulló discretamente de su memoria al finalizar la ceremonia.

Había existido ese momento de absoluta intimidad, las compresas al aroma de canela, romero y violeta con las que ella lo había ayudado a frotar los brazos, las piernas y la cara de su madre, a bañarla por última vez en las hierbas y flores que más había amado en vida; Sayaka había pasado los dedos de Shūichi por su pequeña cabeza canosa y le había susurrado que, si lo deseaba, podía acompañarla mientras la maquillaba.

Con la mirada velando las manos de papel de la joven, unas manos que ni siquiera su madre conocía y que, sin embargo, ahora estaban sobre ella por primera y última vez, Shūichi se deslizaba desde el cadáver hasta el perfil pulido de Sayaka, hasta su piel reluciente, que parecía de mantequilla, se confundía.

Shūichi había mezclado así la emoción del adiós a su madre, el recuerdo nebuloso de la chica, la voz que le explicaba con calma los diferentes pasos para que no le sorprendiera nada. Todo había terminado, la ceremonia había finalizado, él había regresado a casa.

Luego estaba aquella extraordinaria coincidencia que había hecho que, apenas una semana después, se encontraran sentados uno al lado del otro en el tren que los llevaba de vuelta de Yokohama a Kamakura, y que, por una coincidencia aún más cautivadora, los dos hubieran sentido deseos de hablar; ellos, a quienes tan poco les gustaba codearse con la gente. Shūichi acababa de tomar la decisión de volver a vivir a Kamakura, de arreglar la casa de su infancia, de renovarla, de vaciarla.

Pero, ocupado con una reunión tras otra, Shūichi había acabado olvidándose de ella, como si Sayaka fuera el tipo de persona habituada a hacerse a un lado para realzar un fondo o a otra persona. Se deshacía con el tiempo.

La coincidencia, no obstante, pareció convocar a otra de inmediato.

Como si conocer de repente a alguien supusiera encontrárselo a partir de entonces en todas partes, desde ese día Sayaka y Shūichi se habían entrevisto entre los mostradores del supermercado, en la cola del banco, frente al karaoke donde ella practicaba con el violín y él se refugiaba cuando quería vaciar la cabeza.

De esta forma, Shūichi la había conocido y luego olvidado durante dos meses; había coincidido de nuevo y la había vuelto a olvidar.

La insistencia de la extraordinaria coincidencia que la traía de vuelta a él a pequeños intervalos de tiempo había impulsado a Shūichi, la noche en que se habían reencontrado esperando en un semáforo en rojo y luego bebiendo en un pub al cabo de unas horas, a decirle a Sayaka aquella frase.

«No tengo nada que darle».

Para Kenta, la confianza tenía que ver con la palabra y su madre no la mantenía.

Hacía promesas con ligereza, se equivocaba en los horarios, iba a recogerlo una hora antes a pesar de haberle dicho que podía quedarse a jugar hasta el atardecer («Estaba cansada», decía para justificarse, pero ¿y la palabra? ¿Dónde estaba la palabra?). Su madre debería haber empleado el condicional; en cambio, usaba el futuro con frivolidad. Se sentía en el deber de tener siempre razón.

Ese era el problema con los adultos, que no eran sinceros, que tenían que mentir a la fuerza. Porque nadie puede tener siempre razón y a quien se empeña en tenerla no le queda más remedio que mentir.

Aun así, Kenta la creía un poco en cada ocasión, y no por experiencia, sino por el deseo de confiar en ella.

De esa manera, su madre hablaba de cenar fuera, de las vacaciones en casa de los abuelos en Oita, de ir al parque de atracciones con su padre, pero... la próxima vez, luego, mañana, en cuanto llegue la primavera, cuando tenga menos trabajo, cuando te cures, cuando me cure, cuando las cosas vayan mejor.

Estaba íntimamente convencida de tener razón y esa convicción lo sacaba de quicio. Kenta quería equivocarse, confiaba siempre en que ella tuviera razón de verdad.

Esa noche, Shūichi vio claramente el perfil de la montaña, la espalda curvándose bajo las ráfagas de viento.

De niño la había visto levantarse mil veces junto a su madre, mantener la joroba como una anciana, luego estirarse al mismo tiempo que las casas y los árboles bajaban como migas en una barba.

Imaginar había sido su mejor juego. Después, una vez en la cocina, su madre se ponía a preparar la cena y le pedía que dibujara lo que habían visto y lo que nadie más veía.

Ahora, mientras subía por el camino de vuelta a casa, afrontaba la extenuante pendiente y dejaba atrás el cementerio, a su derecha, Shūichi pensaba. No dejaba de preguntarse en qué se diferenciaba su madre cuando no era su madre y por qué había tratado por todos los medios de olvidar a Sayaka.

Consideró por apenas un instante la posibilidad de abandonarse. Temía esa variedad de amor que traza una línea y deja dentro a una sola persona. Shūichi sabía que una sola nunca era suficiente para mantenerse con vida, que se necesitaban muchas.

Entonces, ¿cómo era posible que aún tuviera miedo?

Sabía de sobra que estaba a salvo, porque no había en él aliento que sustraer ni pulso que robar. Estaba convencido de haber apagado la luz hacía tiempo.

En cambio, aguardaba la mañana, sabía que el trabajo, la selva de la isla donde había naufragado el protagonista de su libro, el blanco, el verde y el naranja mezclados en las ilustraciones asentarían la nostalgia, la incertidumbre. Luego, por la tarde, llegaría Kenta con su cartera, el entusiasmo exagerado

por los insectos palo y los ciervos voladores, los *kanji* mons-
truosos que cobraban vida en sus cuadernos.

Aun así, la noche seguía sin retroceder; al contrario, en
lugar de disminuir, la oscuridad no hacía sino acrecentarse.

A unos cientos de metros en línea recta, Kenta se removía en
la cama. Soñaba y enredaba las cosas que había vivido con las
que había deseado con todas sus fuerzas que ocurrieran y
que, sin embargo, no habían sucedido. Se despertó con el
sabor del mar en la boca. Se había zambullido, se estaba aho-
gando.

Jamás se lo diría a Shūichi, jamás se lo diría a nadie.

Lo que Kenta y Shūichi sabían
y nunca serían capaces de decirse

L os adultos no pueden consolar a los niños, porque sus respectivos mundos están demasiado alejados. Los niños se contentan con el amor, saben que es lo único que les pueden dar los adultos.

Los niños no pueden consolar a los adultos, porque los adultos no conceden ese poder a los niños. Los adultos se consuelan pensando que tienen, al menos, la capacidad de consolar a los niños, pero se engañan.

Shūichi se desabrochó la camisa.

Cada botón abría un pequeño hueco en el pecho. Como había notado su madre después de la operación, el corte no le había producido un surco en la carne, sino un relieve.

«Parece una trinchera», le había dicho, y él había entendido que en su imaginario esa palabra aludía al relieve con tierra por encima, más que al corte profundo. Shūichi se había bajado la camiseta, se había reído y había contestado que ella, en cambio, estaba morena.

La mujer acababa de regresar de un pequeño viaje, pero, según había dicho, había sido similar a una larga oración, había pensado en él todo el tiempo. Solo se había marchado durante la operación de su hijo porque este se lo había pedido. Así pues, había subido al autobús que la había llevado al aeropuerto, luego a un avión y después había viajado durante mucho tiempo hasta un hotel minúsculo que daba a la puesta de sol, a unas barcas amarradas y a una embarcación enorme que paseaba entre olas diminutas. Lo pequeño y lo grande se habían enfrentado varias veces durante el viaje y ella, a escondidas, se había llevado una palma al pecho en varias ocasiones, como hacía cuando Shūichi era niño y estaba convencida de que ese era su alfabeto secreto.

«Una trinchera», pensaba desde entonces Shūichi cada vez que se desabrochaba una camisa, se quitaba una camiseta, se daba una ducha y apoyaba los dedos en el pecho hablando también la lengua que había permanecido secreta. Las palabras duraban el tiempo de pronunciarlas: «Una trinchera». Luego las olvidaba.

—Siéntese.

Shūichi obedeció y se quedó quieto, con los ojos muy abiertos por la expectación.

El cardiólogo se aproximó a él, puso el círculo metálico sobre su pecho y escuchó. Permanecieron inmóviles hasta que el hombre rompió al silencio esbozando una sonrisa sosegada.

—No le ocurre nada. Podemos volver a vernos dentro de seis meses.

El doctor Fujita llevaba más de una década siguiendo el latido irregular del corazón de Shūichi y el hecho de que los dos fueran casi de la misma edad —a lo que se añadía la coincidencia de haberse conocido en sus años de máxima transformación— los había llevado a charlar también sobre otras cosas, a ponerse al día recíprocamente. En cualquier caso, el lenguaje seguía siendo formal.

—Gracias —respondió Shūichi. Acto seguido, se levantó, recogió su ropa e hizo el camino inverso: se volvió a poner la camisa y se la abotonó.

—¿Cómo está? ¿Qué está escribiendo? ¿Sabe que a mi hija le encantó su libro sobre los comedores de pesadillas, los *baku*? Nos pidió uno para su cumpleaños, pero no sabemos dónde encontrarlo —dijo el médico riéndose.

—Ese libro suele gustar mucho —comentó Shūichi—, aunque más a los hombres.

—Hana se apropia de los intereses de su hermano pequeño. Quiere aprender cosas para enseñárselas luego. Estamos viviendo una temporada de pesadillas nocturnas: el simple hecho de imaginar que una criatura se las come para cenar es liberador para los dos.

—¿Qué edad tienen ahora?

—Hana tiene trece años y Yūto cuatro.

—¿Y cómo están?

—Yūto sigue padeciendo la forma de asma con la que nació, pero no es preocupante. Hana está enamorada de un compañero de clase. Mi mujer está más preocupada por ella que por Yūto. —El hombre volvió a reírse.

La mujer del doctor Fujita no sonreía desde el marco. Estaba colgada junto a los diplomas de licenciatura y especialización, detrás del escritorio. Cuando miraba su semblante perfectamente compuesto, la alegría contenida y encerrada en una imagen que la representaba junto a su marido y sus hijos, uno en su regazo y el otro a su lado, Shūichi siempre recordaba a su padre. «¿De qué se ríen?», protestaba a veces dirigiéndose a los transeúntes. Le molestaba que alguien sonriera sin motivo. «Pero —respondía con dulzura la madre de Shūichi a su hijo— una sonrisa es el resultado de un largo viaje. Nuestras caras son la suma total del tiempo que hemos pasado fabricando y manteniendo esa sonrisa. No me parece tan sencillo».

Shūichi solo había coincidido en una ocasión con la mujer del doctor Fujita y ni siquiera entonces había sonreído. «Me llamo Yui», le había dicho en la puerta de la consulta: él entraba, ella salía. Era una mujer menuda, de mirada inmóvil e intensa. Al cabo de unos meses encontró por casualidad su timbre de voz en la radio: era locutora en una emisora de Tokio.

—Siempre me he preguntado si los padres médicos se preocupan menos que los padres que se dedican a otras profesiones —murmuró Shūichi.

—No, en absoluto. Estamos acostumbrados a tranquilizar a los demás, pero somos muy ansiosos; sabemos cómo suelen ir las cosas, pero, al mismo tiempo, somos conscientes de todas las maneras en que podrían evolucionar. La lección que aprendemos en el trabajo, es decir que cuando se usa la racionalidad se funciona mejor, vale solo para ese ámbito. Apenas salimos de él, volvemos a ser humanos e impacientes.

—Qué lástima —comentó Shūichi riéndose.

—Pues sí, ningún superpoder. —El médico sonrió mientras volvía a sentarse al escritorio—. He visto que ha cambiado de dirección.

—Sí, me he instalado en la casa donde viví de pequeño, en Kamakura.

—Hace años celebramos el funeral de mi madre en Kamakura, creo que se lo he dicho.

—Sí, me acuerdo —respondió Shūichi. Por un instante, se preguntó si Sayaka no se habría ocupado también del cuerpo de esa mujer. ¿Cuántos años tenía Sayaka? Le parecía tan joven, quizá trabajara ya cuando murió la madre del doctor Fujita.

—He sabido que su madre también ha fallecido... lo siento.

—Sí, tuve que posponer la cita anterior para asistir al funeral.

—¿Y cómo está su corazón?

—¿Se refiere al otro?

El cardiólogo asintió con la cabeza.

—El otro está ahí, parado. No se mueve —dijo Shūichi mientras se ponía en pie—. Voy a fijar ya la próxima cita.

—Sí, puede hacerlo por internet, pero tengo la impresión de que deberá esperar varias semanas. Solo es posible hacer reservas con cinco meses de antelación.

—Adiós, doctor.

Luego, en la puerta, antes de la inclinación que ponía punto final a lo que habían iniciado hacía media hora, el médico alargó una mano y la posó en un hombro de Shūichi.

—La verdad es que se mueve siempre... el corazón.

El doctor Fujita escrutó a Shūichi intensamente. Las pupilas luminosas que, sabía, estaban llenas de cosas.

Shūichi no rechazó el contacto. Respiró hondo.

—Quizá no se mueva por las mismas personas ni por los mismos motivos, pero se mueve incluso cuando parece parado.

La respuesta a la pregunta sobre si Sayaka se había
ocupado también del cuerpo de la madre del doctor Fujita

Sí.

Shūichi se apeó en la estación de Kamakura.

Eligió la salida oeste, porque justo a la derecha había un quiosco que vendía dulces en forma de oso panda. Pidió doce, la mitad rellenos de chocolate y la otra mitad de nata.

Con el envoltorio en la mano, se dirigió hacia el túnel subterráneo que conectaba los dos lados de la estación. Antes de que esta desapareciera de su vista, se volvió hacia la plaza del reloj. Unos niños jugaban en el centro y en la esquina de la heladería había un grupo de madres de pie. Ninguna de ellas estaba comiendo.

Shūichi se sintió naturalmente atraído por ese retazo de paisaje: puede que por los gritos o por el enjambre de niños que estaban en el suelo. En cualquier caso, solo comprendió la verdadera razón cuando se dio cuenta de que el pequeño que se hallaba en el centro era Kenta. Sonrió. Pensó que algo en su interior reconocía a su amigo.

Kenta se estaba riendo, su cara se plegaba con la risa, pero Shūichi se dio cuenta de que, en realidad, estaba fingiendo. Unos compañeros le estaban haciendo cosquillas mientras otros lo inmovilizaban en el suelo, pero los movimientos eran violentos y Kenta recibió un codazo. Un par de chicos corrían a recoger hojas y tierra de los parterres y le restregaban con ellas la cabeza. La ropa se le estaba manchando con la suciedad del suelo de la pequeña plaza.

Shūichi nunca había visto a la madre de Kenta, no podía saber si estaba en el pequeño grupo de mujeres que charlaban delante de la heladería. Dudó, se preguntó qué podía hacer para que la situación fuera lo menos humillante posible para Kenta: ¿simular que no lo había visto? Pero ¿y si

Kenta había notado su presencia? ¿No se arriesgaba a que pensara que era igual que el resto de adultos, que solo se preocupan de las cosas más importantes, cosas que también lo implicaban a él, pero sobre las que un niño no tenía derecho a opinar?

En las semanas que habían pasado juntos, Shūichi se había dado cuenta de que Kenta se sentía solo, pero no porque sus padres estuvieran ausentes. El problema era, más bien, que no lo reconocían como persona: veían a un hijo, pero no veían a Kenta, al niño concreto que era él, distinto del resto de los niños; siempre habían deseado que fuera diferente, más pausado, más adulto, mayúsculo donde aún era minúsculo. Y Kenta se sentía mal a su lado.

Cuando Shūichi estaba a punto de entrar en el túnel subterráneo, se detuvo. Volvió sobre sus pasos y lo llamó desde lejos:

—¡Kenta! ¡Kenta!

El chico giró la cabeza y sus compañeros alzaron la vista, sorprendidos. Shūichi echó los hombros hacia atrás y adoptó la mirada de extrema dureza que tantas preguntas le había evitado en los largos años de escuela.

—Vamos —ordenó secamente.

El grupo de madres se volvió para escrutarlo, una hizo una pequeña reverencia que él devolvió por pura convención. «Date prisa», pensó dirigiéndose a Kenta. El pequeño se levantó aturdido, recuperó su mochila, que había ido a parar a un arbusto, y corrió hacia él.

Se volvió apenas un momento para despedirse con la mano de sus compañeros, que observaban tan arrobados a Shūichi que no le devolvieron siquiera el saludo.

—¿Qué estabais haciendo?
—Jugando.

—Mmm.

—Yo hacía de malo.

—¿Y te gusta hacer de malo?

Kenta se encogió de hombros.

—No debes humillarte para poder jugar con ellos. Puedes interpretar otro papel si ese no te gusta.

—Lo sé.

Embocaron Komachi-dōri y Shūichi le frotó con una manga la cabeza llena de hojas desmenuzadas y de tierra. Le dio unas palmadas en la espalda llena de polvo.

—¿Por qué me defendiste? —preguntó Kenta de repente.

—Una vez leí que siempre hay que estar del lado del muerto.

—Pero yo no estoy muerto.

—Ya lo sé.

—¿Dónde leíste eso?

—En la autobiografía de Mark Twain.

Shūichi le ofreció a Kenta varios de sus pandas rellenos y el chico los mordisqueó con tanto gusto que acabó dándole el paquete.

—¿Tus padres saben que vienes a mi casa todas las tardes?

—Sí.

—¿De verdad?

—Sí, ya te lo he dicho.

Kenta frunció el ceño. Que el otro no creyera la primera respuesta le hizo sospechar que tampoco creería la segunda ni la tercera. Shūichi vio la evolución de ese pensamiento en la cara del niño y cambió de tema.

—He encontrado algo en el cajón de mi madre y quizá puedas ayudarme.

—¿Un misterio?

Shūichi se echó a reír.

—Sí, un misterio. Al menos hasta que averigüemos de qué se trata.

Mientras subían por el camino en dirección a casa y las largas palas de madera del cementerio budista empezaban a vislumbrarse, Kenta se acercó al cuerpo de Shūichi. Estaba acostumbrado a los monstruos, como todos los niños, pero el cementerio lo aterrorizaba. Kenta no dijo una palabra, se limitó a acariciar la mano de Shūichi. Percibió el miedo inmenso que atenazaba al niño. Sintió un vértigo que se apresuró a apartar de su mente antes de que la invadiera.

Respiró hondo. Luego, sin esperar a que Kenta volviera a manifestar su temor, echó una mirada a su manecita. Acto seguido, estiró los dedos, agarró la muñeca del niño y apretó con fuerza su mano dentro de la suya.

Siguieron subiendo sin mirarse, pero con las manos enlazadas.

*La conversación que Shūichi tuvo con un amigo
documentalista y lo que quería decir Shūichi cuando
afirmaba que siempre había que estar de parte del muerto*

M: Siempre me desconciertas. En tu opinión, ¿por qué
los ancianos siguen llorando por los males que pade-
cieron en su infancia, incluso al cabo de setenta u
ochenta años? Y por males no me refiero únicamente
a la guerra o a grandes traumas, sino al juguete que
alguien les quitó, al insulto que les soltó un compañero
en la guardería, a la bofetada que su abuelo les dio injustamente. ¿Cómo es posible que aún no se hayan
consolado? Con esto quiero decir que, además de que
el momento pasó y ya no tiene remedio, el niño que
eran ya no existe. Se desvaneció con todas las emociones que experimentó.

S: Sí, es como si estuviera muerto, pero siempre
estaremos de parte de nuestro ser infantil.

M: Pero ha pasado tanto tiempo…

S: Da igual. Durante toda la vida se está de parte
del muerto.

En las semanas precedentes habían ocurrido pocas cosas, aunque todas importantes.

Una fue la apertura del último cajón de la mesita de noche de su madre.

Shūichi buscaba su pasaporte para devolverlo a la prefectura de Kanagawa. De toda la casa, la habitación de su madre era la única que había permanecido cerrada, incluso durante las semanas en las que Shūichi se había sentido oprimido por la ansiedad de tirarlo todo y deshacerse de su memoria.

Al entrar, lo asaltó la peculiar sensación de descubrir que había sido niño. Durante todos esos años, su corazón la había dejado atrás y parte de él había permanecido allí dentro.

De hecho, el dormitorio parecía una cueva. En las paredes estaban pegadas las hojas de papel que Shūichi había regalado a su madre a lo largo de los años: los garabatos más elementales se habían convertido con el tiempo en dibujos muy detallados en los que las bocas y las narices estaban donde debían estar; en los que las proporciones, antes completamente incorrectas, se habían vuelto incluso demasiado exactas, hasta acabar asentándose en algo que la repetición había convertido en un estilo propio. En los dibujos de Shūichi había ventanas, sobre todo ventanas, que hacían las veces de marco o de puerta, y cada historia se narraba en aquellos andamios que abrían y cerraban la comunicación entre una casa y todo lo que la rodeaba. Shūichi sintió ternura, sobre todo porque en las paredes no había ninguna jerarquía relevante entre los garabatos que había dibujado a los tres años y las ilustraciones que había realizado casi a los cuarenta. ¡Todo era importante!

Cuando abrió el último cajón de la mesilla de noche, que parecía haber estado sellado durante años, dado lo bajo que se encontraba, el aire frío que salió de él sorprendió a Shūichi. Por lo visto, debieron de cerrarlo por última vez en invierno.

No encontró ningún pasaporte, pero sí trastos, dos CD, joyas, tapones para los oídos y la letra de su madre en un pósit: «Para Shūichi».

El nombre estaba pegado a una cajita no mayor que un albaricoque. Shūichi abrió el albaricoque y de él salió una avellana. Al abrir la avellana encontró una semilla. Dentro había un gusanito de papel.

Shūichi lo desenrolló y abrió desmesuradamente los ojos, asombrado. Del capullo salió otro, casi idéntico al primero. Los leyó uno tras otro. No lo entendió. Invirtió el orden.

Los pronunció en voz baja, con la esperanza de que el sonido revelara algo que se le escapaba.

Nada. No significaban nada.

Hizo un último intento: probó en inglés. ¿Era tal vez un juego de palabras?

Nada.

Qué había escrito en el primer pedacito de papel.

42191

Qué había escrito en el segundo pedacito de papel.

42192

La tarde en que lo rescató de sus compañeros de colegio en la plaza del reloj y lo agarró de la mano camino del Túnel de la Concubina, Shūichi le mostró a Kenta los trozos de papel.

—¿Qué significan? —preguntó el niño boquiabierto.

—No lo sé, esperaba que pudieras ayudarme a descifrarlos.

—¡Así que es de verdad un misterio! —exclamó el niño, emocionado.

—Si no lo averiguo, por desgracia seguirá siéndolo —comentó Shūichi.

—¡Pero los misterios son bonitos! —Para confirmar que creía en lo que acababa de decir, Kenta abrió su cartera y sacó un libro titulado *El misterio de los kanji*. Lo había tomado prestado esa misma mañana en la biblioteca de la escuela.

—Si son misterios inventados sí, son bonitos, pero cuando conciernen a tu vida solo son piezas que faltan.

Shūichi se levantó y fue a la cocina a preparar la merienda. Dos platos pequeños, dos tenedores y dos vasos de leche con chocolate. Entretanto, Kenta hojeaba el libro y leía en voz alta las partes que prefería.

Probablemente Kenta debía tener razón, pensó Shūichi mientras desenvolvía el pastel de fresa y recomponía su forma en el plato. Su infancia, sin embargo, estaba plagada de misterios, de recuerdos que no sabía si eran ciertos, de las cosas maravillosas que les habían ocurrido a otros y que él confundía con las suyas, de otras que su madre le había arrebatado porque no eran lo suficientemente felices.

—¿Quieres también naranjada?

—¿Hay zumo de manzana?

Shūichi abrió la nevera, pensativo. Cuando tenía diez años, por ejemplo, había viajado a Nagano, jirones de recuerdos que últimamente visitaban sus sueños: los tres metros de nieve, que transformaban cada calle en una muralla; los monos con la cara morada a remojo en el agua de las termas; los *oyaki,* que le gustaban a tal punto que los reclamaba para cenar, comer y desayunar. Pero en Nagano también había montado a caballo y tal vez había salido despedido: había caído de espaldas y su madre había gritado; recordaba físicamente aquel grito. De esa forma, cuando era niño y Shūichi preguntaba por Nagano, su madre cambiaba de tema con tal determinación que en un momento dado empezó a preguntarse si habrían existido de verdad los compactos muros de nieve, los monos, los panecillos rellenos de judías *azuki* y el cuerpo agitado del caballo que había arqueado el lomo de repente.

—Toma —dijo colocando el vaso lleno del líquido amarillo al lado de Kenta.

Puso los platitos con el pastel y las tazas y, acto seguido, se sentó a su lado absorto en sus pensamientos.

Del pasado de Shūichi quedaban agujeros semejantes a las imágenes que se muestran durante un puñado de segundos con el imperativo de recordar los detalles y que luego se presentan de otra manera, sin que dentro quede más que la mitad de las cosas: ¿entonces? ¿Sabes decirme qué falta? ¿Qué recuerdas?

En ciertos momentos, mientras estaba sentado en el sillón y Kenta golpeaba el cuaderno escolar con el bolígrafo, Shūichi alzaba los ojos y le preguntaba mentalmente: «¿Qué te dijo de mí? ¿Qué te contó mi madre de mi infancia?». Después se sentía ridículo y volvía a bajar la mirada, pero se quedaba con la duda. ¿Cuántas cosas sabía el niño que él, en cambio, ignoraba? ¿Cuántas cosas había revelado su madre a Kenta que él no recordaba?

—¿Te apetece leer? —dijo en ese momento Kenta mientras terminaba de masticar la tarta de fresas.

Shūichi dejó el tenedor y asintió con la cabeza.

Llevaban varias semanas estudiando juntos el origen de los ideogramas: que la nieve 雪 era una mano barriendo la lluvia, que la lluvia 雨 se encontraba también en la nube 雲, en la bruma 霞, en la niebla 霧 y en la sacudida 震.

—¿Por qué? —preguntó Kenta—. ¿Qué tienen en común los terremotos y las tormentas?

También descubrieron que el amor 愛 miraba hacia atrás y dudaba, que el marido 夫 tenía un alfiler clavado en el pelo y que la noche 夜 guardaba la luna bajo el tejado.

Shūichi los dibujaba mientras Kenta lo escuchaba embelesado y juntos inventaban unas relaciones absurdas entre los signos originales y los significados que se les habían ido atribuyendo con el paso del tiempo. Parecían errores. ¿Cómo justificar, si no, la inmensa distancia que existía entre el origen de las palabras y el uso que la gente hacía de ellas?

Entonces, Shūichi recordó una tarde de hacía treinta años en la que su madre le había explicado el significado del ideograma de «mentira» 嘘 y también que este había nacido para hablar de un pueblo abandonado y de sus edificios en ruinas. Le pareció precioso, aún más que cuando lo había escuchado por primera vez, quizá porque al contarle al niño la historia de algo que ahora lo obsesionaba, sustituyó la vaguedad de los recuerdos incesantemente afirmados y negados, por la concreción de las casas y los cementerios encaramados a una montaña.

Ver aquello en la práctica, en lugar de la niebla, le pareció una gracia.

Por qué, según Shūichi, las mentiras eran lugares en
ruinas y lo que les sucedía en opinión de Kenta

L o había leído en el diccionario del maestro Shirakawa,
el erudito al que veneraba su madre.
No era tanto por el rigor antropológico «de una sutileza hasta entonces insuperable», como ella repetía, sino por el entusiasmo y la curiosidad con que contaba sus historias y las hacía cobrar vida.

—¿Sabes, Shūichi? Las mentiras son lugares en ruinas —dijo la mujer y escribió uno a uno los trazos con una tiza—. El *kanji* de «mentira» es este, mira.

—Tiene la forma de una boca 口 y la de una colina 丘 sobre la que antaño se erigía una antigua ciudad que estaba llena de lugares sagrados, edificios importantes y menos importantes y donde también había un cementerio.

—¿Un cementerio? —preguntó Shūichi.

—Sí, es importante. Hasta que alguien no muere y nace en ella, no se puede decir que una ciudad tenga una historia.

El niño pareció vacilar.

—Luego, un día, la ciudad fue abandonada…

—¿Por qué, mamá? —la interrumpió.

—Quién sabe… fuera como fuere, el tiempo acabó corroyéndola, la devastó. De ella solo quedaron ruinas, escombros, edificios que no servían para nada. Por esa razón, colocando el ideograma de ese cuento junto al de la boca, nació el *kanji* de «mentira» 嘘.

La señora Ōno volvió a escribirlo en la pizarra, primero deprisa, luego con parsimonia.

$$口 + 虚 = 嘘$$

—Verás, en nuestro idioma las mentiras significan eso: cosas sin usar, sin contenido. ¿Lo entiendes, Shūichi?

—Entonces, ¿las mentiras no sirven para nada? —preguntó el niño llevándose el lápiz a los labios. Le encantaba mordisquear la madera en cuanto su madre se daba la vuelta.

—Mmm… No estoy del todo de acuerdo con eso. Creo que, según el caso, las mentiras también pueden ser muy útiles.

—¿Para qué?

La mujer lo miró intensamente. Treinta años más tarde, Shūichi aún recordaba el momento de la respuesta, la vehemencia con la que su madre se posaba en su interior cuando quería ser completamente sincera, pero, a la vez, temía hacerle daño.

—¿Para qué sirven las mentiras, mamá?

—Para mejorar la propia memoria.

Varias décadas después, Shūichi explicaba a Kenta lo mismo con idénticas palabras, sentado a su lado en el salón.

—Mira lo que les ocurre a los lugares cuando el hombre los abandona —dijo enseñando una fotografía al niño.

En ella aparecía un cuarto de baño, cuatro lavabos pequeños, las paredes desconchadas, el techo destrozado y un árbol brotando en el suelo. Ajeno a todo, el arbusto extendía sus ramas en la luz que había atravesado los cristales y ahora invadía el espacio.

—Lo que se ve en la foto, ¿era un colegio?

—Sí, el baño de una escuela, pero ya no lo es.

Shūichi observó la cara del niño. Estaba tan serio que pensó que siempre le iba a resultar difícil saber si se sentía triste o alegre.

—Entonces, ahora podrá ser la escuela de los animales salvajes —dijo Kenta en tono sosegado—. ¡Podrá ser el colegio de los zorros y los *tanuki*!

SEGUNDA PARTE

きゅん *kyun*

«Todo lo que toca [el dolor] asciende al rango de recuerdo; deja huella en la memoria, que el placer solo
llega a rozar».

EMIL CIORAN

TESHIMA, VERANO

豊島　夏

En la isla de Teshima arrecia el viento. Es verano y el canto de las cigarras es ensordecedor. Un autobús blanco recorre sus calles angostas, sube por las colinas, se adentra en el bosque y, de repente, se asoma al mar. A bordo de él hay una anciana con una nota en una mano. La mira pensativa, temiendo que no le sirva para nada. No cree en las cifras ni en el alfabeto occidental. No obstante, intenta explicárselas a sí misma, se pone las gafas y las lee en voz alta.

—Aquí dice que las coordenadas son 34° 48'N 134° 10'E, costa 19,8 kilómetros, superficie 14,4 kilómetros cuadrados, elevación 340 metros.

—¿Elev...?

—Creo que significa «altura» —responde, dubitativa—. La dirección, en cambio, es 2801-1 Karato Teshima, Tonoshō-chō, Shōzu-gun, Kagawa 7614662.

—¿Has introducido los datos en el navegador por satélite? —pregunta el niño que está sentado a su lado. Llevan veinticuatro horas viajando juntos y ya está cansado.

—No, la verdad es que no sé muy bien cómo usarlo.

El pequeño abre los ojos de par en par.

—No te preocupes, llegaremos. —Sonríe la mujer—. Es una especie de peregrinación: según dicen, hay que perderse un poco para encontrarlo.

El vehículo los empuja. Comparado con los que han viajado hasta ahora por la ciudad, es diminuto. Cuando subieron a él, eligieron los asientos de atrás para tener una vista más amplia.

El niño refunfuña. Hubiera preferido quedarse en Takamatsu o en Naoshima. En Teshima no hay nada, solo museos, arrozales y agua. A decir verdad, está malhumorado porque ha olvidado en el hotel la enciclopedia electrónica que le regaló su padre.

La voz grabada de una mujer anuncia la próxima parada mientras el autobús sigue avanzando deprisa por las calles estrechas, recorre las carreteras asfaltadas y aminora la marcha en los caminos de tierra. No hay aire acondicionado o debe de estar apagado, porque todas las ventanillas están bajadas y por ellas entra un viento cálido y perfumado que impide que los pasajeros dejen de pensar siquiera por un segundo en el mar.

El autobús hace mil paradas y el niño resopla.

—Es incómodo —protesta.

—Lo incómodo es bueno para los recuerdos —responde alegremente la anciana. Tiene la cara llena de arrugas, pero en su día debió de ser muy guapa. Ya no sabría qué hacer con la belleza.

—Mira fuera y piensa en el lugar tan extraordinario que vamos a visitar.

Después de doblar una amplia curva, los arrozales se abren a la vista. Parecen una cobertura de chocolate de té verde, y al niño, que por un momento se ha imaginado el postre, le entra apetito de repente.

—Tengo hambre —dice, pero la anciana le sonríe amablemente en lugar de contestar—. ¿No te late con fuerza el corazón?

Estoy en el pequeño autobús, a miles de kilómetros de casa, porque hace quince días, en la peluquería, mi madre abrió por casualidad una revista. Un artista, cuyo país no conoce bien y cuyo idioma no habla, había escrito un artículo sobre el Archivo de los Latidos del Corazón de Teshima. Ella no sabía nada sobre arte contemporáneo, pero esas palabras le parecieron tan cercanas, que se emocionó.

Había planeado ir a un sitio completamente distinto con el pequeño, como mucho, viajar en un tren desde casa y alojarse en un hotel lleno de comodidades y atracciones, pero cuando leyó que en el suroeste de Japón había una biblioteca donde no se archivaban libros, sino latidos, pensó que el destino le había salido al encuentro.

El pequeño no parecía muy convencido.

—¿No está demasiado lejos? —protestó al principio, pero ella, que suele ceder, esa vez no dio su brazo a torcer.

—¡Vamos a Teshima! —insistió—. ¡Todo apunta a que es el lugar más apropiado para este viaje!

El día en que la anciana leyó la entrevista, fue a la librería y compró la revista. Como era demasiado voluminosa, recortó la parte que le interesaba con unas tijeras. Por la noche se puso las gafas y dobló el papel hasta quedarse con el párrafo que la había convencido. Desde entonces lo lleva metido en el bolso.

Antes de emprender el viaje, lo leyó varias veces, también al niño, quien guardó silencio, y no porque entendiera lo que quería decir, sino porque, por la forma en que la voz de la anciana recalcaba las palabras, comprendió lo importante que era para ella. Es un año difícil, está nervioso porque siente que tiene que crecer deprisa, su madre, su padre, los exámenes en el colegio, pero a ella la quiere mucho. La quiere tanto que ni siquiera dice nada cuando, por enésima vez, saca el recorte del bolso y, desafiando las curvas y la falta de prudencia del guía, lee en voz alta: «Es un lugar al que no se puede llegar con facilidad. Se trata de una isla tranquila y hermosa, lejos de Tokio y de cualquier otra gran ciudad del mundo. El viaje tiene como fin escuchar los latidos del corazón de las personas. ¿No te parece precioso?

El pequeño asiente con la cabeza.

—¿No es increíble? ¡Es como si toda la humanidad estuviera cerca!

El autobús aminora la velocidad y la voz grabada anuncia: «Museo de arte de Teshima: pulse el botón para reservar la parada». Dos chicas de unos veinte años alargan los dedos y suena el timbre.

—La nuestra es la próxima —dice la anciana, y el niño vuelve a asentir.

En el horizonte, el mar aparece bordeado de barcos del tamaño de una pequeña avellana.

El niño se queda mirando una joroba que sobresale del agua, una de las docenas de islas que flotan alrededor de Teshima. Las vio desde el avión el día anterior, cuando aterrizaron en Takamatsu al atardecer, y el mar le pareció una mesa sembrada de migas doradas.

Al otro lado de la ventanilla, una libélula revolotea sobre el cartel de la parada. La mujer sonríe orgullosa, no creía que a su edad lograría hacer ese viaje.

Dobla el recorte de la revista y lo vuelve a guardar en el bolso.

Esta isla es un corazón de forma imprecisa.

Desde cierta perspectiva, Teshima parece el dorso de una mano cerrada en el acto de proteger algo que tiene debajo. Su primer nombre viene de ahí, del contorno que se ve desde la vecina isla de Shōdoshima.

Mientras camina entre los arrozales y llega por fin a la playa ante la que se erige el archivo, la mujer repite las palabras del artista como si fueran una oración.

Recuerda su imagen en la revista: el cráneo afeitado, el cuerpo robusto y la mirada apacible. La conquistaron la serenidad con la que afirmaba cosas inmensas, con la que las aceptaba.

El aire retumba ya con el sonido del corazón de alguien.

Se sienta en el banco.

—Voy a descansar un momento, perdona.

Pero el niño vuelve a sentirse feliz, no le importa esperar. Alrededor de él, enjambres de libélulas alzan el vuelo, solitarios, y se encuentran en el aire. Fluctúan en las inmediaciones del minúsculo aglomerado de casas de pescadores que le confieren el derecho de recibir el nombre de pueblo. El niño las mira fascinado, jamás había visto tantas. Son de color azul claro, amarillo, rosa. Su padre le enseñó que, si alarga un dedo y espera, quizás una decida posarse en él.

—¡Mira! —exclama cuando una libélula se detiene por fin en su índice extendido en el aire.

La anciana esboza una sonrisa. El niño le recuerda a su hijo en los momentos en que era más feliz. Cierra los ojos y respira el aire marino.

«Lo único que cuenta —había escrito el artista— es transmitir el recuerdo, porque las personas solo renacen en la memoria de otras personas».

Pues bien, cuando se siente inútil y vieja, cuando piensa que ha sido una imprudente por haber llevado al niño tan lejos de casa, cuando este protesta porque está cansado y se aburre, la anciana le acaricia la cabeza y responde, convencida como pocas veces lo ha estado, de que la idea vale un viaje.

«Transmitir el recuerdo..., porque las personas solo renacen en la memoria de otras personas».

1

En las semanas posteriores, el trabajo de Shūichi fue inverso.

Volvió a abrir las cajas con la ayuda de Kenta, a quien no le parecía verdad poder retomar la antigua costumbre de entrar en esa casa al salir del colegio, hacer los deberes en la mesa de la sala, que le prepararan la merienda y pedir ayuda cuando no entendía algo. Shūichi recuperó las vajillas, los textos escolásticos y los objetos de decoración del garaje. Por la mañana trabajaba concentrado en el libro ilustrado para poder tener las tardes libres.

—¡No, te has equivocado! ¡Eso va allí, en la librería, no en el armario!

Kenta recordaba todo de memoria, corregía a Shūichi cuando volvía a colocar las cosas siguiendo la trayectoria de sus dedos. El niño no dejaba de regañarlo, aunque parecía más bien que estuviera tomándole el pelo.

Ante ciertos objetos o juguetes los dos guardaban silencio y Shūichi no dejaba de preguntarse hasta qué punto sabría el niño de él.

Cuando Shūichi le preguntó por qué había robado la regadera y la sartén, qué había hecho con los libros ilustrados y los trastos de su madre, Kenta le respondió que los había escondido en su habitación, debajo de la cama, en la cesta de los juguetes, en los cajones. Pensaba adquirir su casa en el futuro y volver a poner todo en el lugar que le correspondía. Lo dijo sin darse cuenta de hasta qué punto su idea sonaba absurda.

Bajaron hasta la casa de Kenta. Shūichi lo aguardó fuera con un carro grande, uno de esos con los que se transporta a los niños o el equipaje. Kenta hizo cuatro viajes para llevar todos los sacos.

Mientras aguardaba delante de la pequeña casa, Shūichi vio objetos apretujados en las ventanas, las cortinas aplastadas bajo el peso de algo, el jardín descuidado y el aparcamiento ocupado por un coche enorme.

Shūichi detestaba las casas abarrotadas, por eso solo dibujaba ventanas en sus libros. Le parecía un contrasentido: las personas compraban residencias maravillosas, se gastaban millones de yenes para que sus ventanas dieran al sur, para que la madera fuera de cedro y la cerámica que ponían en el alféizar fuera de lo más exclusiva, pero al final acumulaban tantas tonterías que no se veía nada y hasta la luz debía abrirse paso como una infiltrada entre los muebles y las baratijas.

Oyendo hablar a Kenta, Shūichi había intuido la dificultad que pesaba sobre su familia, aunque fuera común. Sus padres se encontraban en esa fase en que es necesario decidir entre insistir, esperar o romper para siempre. A pesar de seguir juntos, vivían ya de manera muy diferente.

La vivienda le confirmó esa impresión.

Cuando acabaron de arreglar la casa de Shūichi, esta parecía ser de nuevo la de antes, solo que más ordenada y limpia.

El hombre sonrió al pensar en el esfuerzo que le había costado hacer salir a su madre por la puerta y cómo, en apenas unas semanas y por mediación de un misterioso niño, ella había entrado otra vez con su típica calma seráfica, como si hubiera vuelto a aparecer en el umbral con una inmensa maleta después de un divertido viaje.

—¿Son tus libros? —preguntó Kenta—. ¿Los que has escrito?

Tenía entre las manos un volumen grande con una cáscara de nuez dibujada en la cubierta.

—¿Este es con el que ganaste un premio importante?

—¿Cómo lo sabes?

—Me lo contó la señora Ōno.

Claro, pensó Shūichi.

—¿Por qué lo desechaste?

—No sé, forma parte del pasado. Cuando trabajo, prefiero pensar en el futuro.

Había escrito ese libro hacía veintitrés años. Se había inspirado en el recuerdo de su abuelo, un hombre al que había conocido ya anciano. Callado, sombrío, no hacía preguntas y en contadas ocasiones se dirigía a alguien. Su madre le había explicado que había atravesado la Segunda Guerra Mundial y que de ella solo había regresado una parte de él. Antes de marcharse, le había dicho, era un hombre alegre al que le gustaba contar historias. Fuera como fuere, Shūichi jamás había logrado imaginárselo de otra manera. Solo ya de mayor, mirando un documental sobre los supervivientes de la guerra, había comprendido por fin: además de la carne, el alma también se desvanecía. Para homenajear al hombre desaparecido y resarcir de alguna forma a su madre, la hija del hombre que lo había querido igual antes y después, había decidido dedicarle un libro. Fue su trabajo de licenciatura.

—De acuerdo, pero ¿qué tienen que ver las nueces con tu abuelo? —preguntó Kenta.

Shūichi llevaba mucho tiempo buscando una imagen que pudiera contar la historia del abuelo ausente pero presente a la vez, al que había visto con asiduidad hasta los nueve años. Luego, una mañana, mientras subía a un convoy de viajeros con destino a Tokio, había visto a un hombre con una bolsa sobre el regazo en un banco del andén, inmóvil, mirando todo lo que se movía a su alrededor. Entonces se había fijado en los jóvenes y los viejos vestidos con trajes caros o con modelos adocenados de discoteca que ciertos días, a las horas más dispares, se quedaban inmóviles de repente. Parecían nueces huecas esperando a que todo se apagara a su alrededor: no tenían las piernas, solo las cáscaras y las separaciones de madera.

El libro había sido aclamado por ser capaz de explicar con ligereza el drama de las personas que sufrían trastornos postraumáticos, y gracias a él Shūichi había alcanzado el éxito.

—¿Has partido alguna vez una nuez?

—Siempre las he visto abiertas.

Shūichi se levantó, agarró un cascanueces del cajón y un fruto de la alacena.

—No me gustan mucho las nueces…

—No hace falta que te la comas —respondió Shūichi sonriendo—. Métela aquí y ahora aprieta las barras… más fuerte, eso es.

Arrancaron el fruto con los dedos y Kenta tocó el tabique lignificado, la cáscara, el pie.

—Igual que las momias.

—¿Cómo dices?

Shūichi miró fijamente a los ojos de Kenta, el negro resplandeciente de su pupila.

—En Egipto también vaciaban a las momias, ¿no?

—En realidad, no les quitaban todas las entrañas —puntualizó Shūichi—. Les dejaban el corazón.

—¿El corazón?

—Creían que los muertos lo necesitaban para llegar al reino de las sombras.

—¿El corazón era una especie de brújula?

—Sí, algo así…

Shūichi se volvió hacia la ventana e hizo un esfuerzo para permanecer compacto. Esa pregunta se la habían hecho hacía ya muchos años en el mismo tono. Entonces fue en plena noche, ahora era de día.

—La señora Ōno me dijo que tú tienes el corazón diferente.

—Nada grave, la verdad.

—¿Cómo se llama tu enfermedad?

—En realidad, no es una enfermedad, y, de todos modos, tiene un nombre difícil.

—¿Cuál?

—Taquicardia supraventricular paroxística —pronunció lentamente. Kenta abrió los ojos de par en par—. Te he dicho que era difícil.

—La señora Ōno me dijo que no podías hacer deportes pesados ni sentir emociones fuertes.

—Mi madre siempre le dio más importancia de la que tenía —replicó Shūichi—, pero vamos, ahora termina tus deberes, tengo que seguir leyendo.

Kenta volvió a la mesa y agarró de nuevo el lápiz. Shūichi se sentó en el sillón, al lado de una pila de libros y revistas sobre islas desiertas, naufragios y artículos de periódico fotocopiados.

Al cabo de apenas diez minutos, Kenta volvió a romper el silencio.

Shūichi contrajo la mandíbula, necesitaba comprender como fuera qué era lo que veía el pequeño protagonista de su libro: acababa de llegar a la isla, ¿qué tipo de vegetación tenía delante? Y la arena, ¿era blanca, oscura o estaba mezclada con la grava? El lunes siguiente debía ir a Tokio para entregar las primeras ilustraciones al editor y entre el trasiego de objetos, las conversaciones repetidas con Kenta y la nueva organización imprevista de sus días iba muy retrasado.

Cuando se disponía a pedir al niño que aguardase a la pausa, Kenta soltó la frase y Shūichi ya no logró decir nada más.

—La señora Ōno me habló de la vez en que te lanzaste con la bicicleta…

Shūichi se detuvo. Tenía en las manos el mapa de una isla deshabitada del océano Índico. Se quedó mudo con el folio suspendido en el aire.

—La cicatriz que tienes en el brazo, son los veinte puntos que te pusieron, ¿verdad? —prosiguió Kenta—. Debió de ser emocionante bajar desde allí. Con el hielo, además, ¡a saber qué vuelo hiciste!

Señaló con un dedo el camino que se entreveía al otro lado del recuadro de la ventana.

—¿Hielo? —preguntó Shūichi tratando de no mostrarse sorprendido.

—El día anterior había nevado y el camino estaba helado, ¿no? La señora Ōno me contó que estabas tan entusiasmado con la nieve que hasta habías comido un poco —exclamó soltando una carcajada.

Era cierto, ese día hacía frío. Lo había olvidado.

—Guardar cama durante semanas tuvo que ser muy aburrido, pero fue entonces que empezaste a dibujar, ¿no? —añadió el niño—. A mí también me gustaría quedarme en la cama un mes y leer *mangas* de la mañana a la noche.

Como bocas de carpa emergiendo ávidas del agua en cuanto alguien se acerca, el recuerdo de la cama de sus padres resurgió en el interior de Shūichi, el lado desde el que su madre se lo echaba a la espalda cada mañana, la habitación, mucho más grande y llena de luz, los álbumes, el atril, el brazo izquierdo inmovilizado, la caja de lápices, la mano derecha moviéndose. Todo parecía reaparecer.

—Muchos artistas empezaron su carrera después de un accidente. Charles Dickens, Frida Kahlo… Si no te ves obligado a guardar cama, es raro que decidas hacer algo tan aburrido como escribir o dibujar —Shūichi cambió de tema—. La gente prefiere vivir y esa suele ser la mejor opción.

—¡Dicho así, dan ganas de romperse una pierna!

Los dos se echaron a reír.

—Vamos, ahora a estudiar.

Durante una hora no se oyó el vuelo de una mosca, pero Shūichi ya no podía concentrarse en la lectura.

La noche sepultó la calle y Kenta tuvo miedo. Shūichi también lo tenía, pero su miedo era muy diferente.

El cementerio que se abría en la curva iba ampliándose, las palas se multiplicaban por mil y Kenta imaginaba un ejército dirigiéndose hacia él para preguntarle el porqué de todo. Se imaginaba a los muertos queriendo hacer un sinfín de preguntas, como mensajeros de un mundo anterior arrojados de repente al futuro. No los imaginó feroces, sino confusos. En cualquier caso, él no podía ayudarles, porque no sabía nada.

Para no pasar por delante del cementerio cuando estaba solo, Kenta rodeaba la montaña y se dirigía hacia el lado opuesto al de la bajada del Túnel de la Concubina. Shūichi lo había intuido y por ese motivo lo acompañaba tras la puesta de sol hasta el principio del camino y luego volvía a subir.

Aquella tarde, sin embargo, Shūichi no regresó a casa.

La conversación con Kenta, el recuerdo del accidente que su madre siempre había negado que hubiera afectado de forma inesperada a su vida, incluso fingiendo delante del niño que no le sorprendía, lo había cansado sobremanera. Estaba agotado. *Quizá coma algo en la ciudad*, se dijo. *Daré un paseo.*

Entonces ocurrió, mientras estaba en el restaurante de pescado y sake del callejón de Komachi-dori, sentado solo a la mesa del fondo, cavilando sobre cómo era posible que los recuerdos surgieran de repente: tras la fría mañana de sus cinco años, la sensación de la nieve en los dientes, el silencio inmaculado de su madre en el hospital y los hermosos días de convalecencia, a Shūichi le vino a la memoria el lúgubre accidente de su vecina, cuando su hijo de dos años se había asomado a la lavadora que tenía la abertura en la parte superior, llena de agua, y se había ahogado en ella, las sirenas, y luego a su padre dando un portazo y diciendo que no valía para nada, la vez que se había orinado encima en el colegio y había salido sin permiso para evitar la humillación delante de sus compañeros.

Eran recuerdos infelices, recuerdos que, debido a la habitual obstinación de su madre por negar todo lo triste, nunca había estado seguro de que hubieran sucedido en realidad; en ese momento, sin embargo, sintió que los llevaba en el corazón, incluso más que los maravillosos viajes de los que hablaba su madre, a los que en cada conversación añadía nuevos y diferentes detalles. Más que las asombrosas victorias en el parque de atracciones, más que el giro infinito de un tiovivo en Yokohama que una tarde de agosto no daba señales de detenerse como por obra de magia, e incluso más que los abrazos infinitos de su padre, a pesar de que no los recordaba.

Shūichi tenía los ojos llenos de lágrimas y cuanto más reflexionaba sobre esos episodios tremendos de su vida, más valiosos le parecían.

Sonrió. De modo que era cierto, los recuerdos permanecían quietos y callados durante años y luego estallaban todos a la vez, como los bambús de la misma cepa, que, dondequiera que estuvieran plantados en el mundo, florecían el mismo día.

Esa noche, Shūichi conoció a Sayaka.

DOKI DOKI

—¿Cuándo se vuelven nuestras las cosas?
—¿Del todo?
—Sí, nuestras para siempre.
—¿Como qué, por ejemplo?
—No sé... como la casa...
—Si nos mudamos, puede que no siempre sea nuestra. En cambio, los padres deberían quedarse, a menos que sean desafortunados y se mueran antes. Los padres nunca te dejan.
—¿Y los amigos?
—Pero ¿por qué quieres saberlo?
—Por nada.

El niño pequeño y el niño mayor jugaron un buen rato, uno agarró la pelota, el otro el bañador. Bajaron a la playa y pasaron tres horas allí, primero lanzándose la pelota y luego construyendo una asombrosa pista para las canicas. Después capturaron cangrejos, pero el niño pequeño pisó sin querer uno y dejó de pescar para no matarlos sin darse cuenta. El mayor encontró una estrella marina: estaba casi seca y le faltaba un brazo o una pierna. La observaron inclinados durante bastante tiempo, deslumbrados por su belleza, contándose lo que sabían sobre ella.

—Las estrellas marinas se regeneran por completo.
—En la enciclopedia leí que también comen crustáceos, erizos de mar y moluscos. En una foto aparecía una que se había tragado un cangrejo entero.
—Fuera del agua tardan apenas unos segundos en morir. ¡No hay que sacarlas para mirarlas!

Antes de regresar a casa, la volvieron a echar al mar, porque, aunque llevaba mucho tiempo muerta, la abuela del niño mayor decía que no había que mezclar los reinos. Que las cosas del mar tenían que quedarse en el mar y las de la tierra en la tierra. Lo mismo que el plástico o el papel. Él, sin embargo, a veces recogía caracolas y, como eran muy pequeñas, podía esconderlas en el bolsillo.

Regresaron de la playa cuando ya había caído la tarde. El cansancio los había enmudecido.

En ese momento, el pequeño le hizo la pregunta al mayor, la única que realmente le interesaba.

—Y tú, ¿serás siempre mi amigo?

Kenta soñaba a menudo en voz alta.

Proclamando que era un explorador y anunciando que estaba a punto de adentrarse en una selva, transformaba el largo sendero elevado que discurría por el centro de la calle principal de Kamakura en toda una aventura.

Miraba hacia arriba y las afiladas ramas de los cerezos que habían sido plantados con regularidad geométrica a diestro y siniestro hacía seis años se convertían en una maraña de lianas y vegetación selvática por la que deambulaban con cautela prodigiosos zorros de Bengala, tucanes y cobras reales, en lugar de cuervos y ardillas.

No era mentira: para Kenta lo que se decía cobraba vida de repente.

Shūichi lo había intuido espiándolo desde su sillón las tardes en las que Kenta, cuando un tema no le interesaba, empezaba a divagar; entonces susurraba fragmentos de una batalla imaginaria y no pocas veces mimaba sonidos semejantes a los golpes y los movimientos de kárate.

En cualquier caso, Shūichi descubrió la desbocada imaginación de Kenta, sobre todo la manera en que esta no se limitaba a soñar en una habitación, sino que invadía prácticamente su vida, cuando una tarde de finales del invierno se lo encontró delante, con los ojos cerrados en medio de la avenida principal de Wakamiya-ōji.

El niño se disponía a cruzar la hondonada, que era el tramo más concurrido del paseo de piedra. En la ceguera buscaba las misteriosas correspondencias entre los pasos, la longitud y la velocidad con las que la gente decidía la dirección, y entonces, sin previo aviso, se lanzaba a cruzar el camino con la vana esperanza de no tropezar con nadie. La mayoría de las veces, alguien lo esquivaba o Kenta acababa chocando con un brazo o una pierna. Sin desanimarse, volvía a empezar.

Luego ocurrió algo que Shūichi jamás habría imaginado. Kenta se topó con el vientre de una mujer y esta, en lugar de quitárselo de encima, extendió los brazos. Se reía y también el niño la imitó con los ojos desmesuradamente abiertos por la sorpresa.

Ella era Sayaka, él era Kenta. Dos cosas completamente nuevas en su vida.

Shūichi levantó la vista un instante. Unas migas de cielo convocaban el comienzo de la primavera.

Después de la noche en que se habían conocido en el restaurante de pescado y sake que se encontraba en las inmediaciones de la estación, Shūichi había comprendido que nunca iba a poder olvidarla.

En esa ocasión, los rasgos de la chica se le habían quedado grabados en la memoria, y era también firme la sensación de que ella no pretendía nada de él.

Shūichi no la había buscado y ella no lo había buscado a él, pero ambos se habían convencido de que había algo cuya naturaleza ninguno de los dos habría sido capaz de definir.

Shūichi la recordaba al otro lado de la mesa, con la extraña costumbre de levantar la punta del dedo índice en el aire antes de tomar la palabra. Como una niña, se aseguraba de que le prestara atención antes de decir algo.

Curiosamente, en las semanas posteriores a esa noche, Shūichi no se había cruzado con ella por las calles de Kamakura, pero jamás como en ese espacio de tiempo supo que Sayaka estaba completando el gesto: el arco extremadamente tenso ente la barriga de ella y su pecho, él parado y la joven sopesando la posibilidad de lanzar la flecha y atravesarlo con ella.

—Te presento a Sayaka, Kenta —dijo Shūichi riéndose y señalando con la palma a la persona con la que había tropezado.

Al alzar la mirada, el niño comprendió al vuelo que entre su amigo y la mujer había algo.

—Él es Kenta, creo que ya te he hablado de él.

En ese preciso momento, cambió el registro entre Sayaka y Shūichi.

—Sí, claro. Encantada, Kenta, me llamo Sayaka.

—Qué extraña manera de conocerse.

—Vuelvo de hablar con mi hermano en Yukinoshita.

—Tengo hambre, me apetece una crepe —exclamó el niño interrumpiendo las presentaciones—. Me muero de ganas de comer unas crepes.

—Bueno, si se está muriendo de ganas, creo que vale la pena contentarlo, ¿no? —dijo Sayaka.

Acto seguido, propuso el pequeño local de Onari-dori, gemelo del más popular, que estaba en la avenida de la *street food,* a dos pasos de allí.

Mientras atravesaban Wakamiya-ōji haciendo eslalon entre los turistas que atestaban la ciudad, Sayaka preguntó a Shūichi:

—¿Cómo va el trabajo? ¿Y el libro sobre el naufragio?

—El sábado tengo que ir a Tokio a entregar el primer bloc de dibujos.

—Bueno, eso significa que vas bien.

Kenta pidió una crepe con fresas y Shūichi se asombró una vez más de lo elementales que eran los gustos infantiles. Desde que lo conocía, Kenta solo pedía helados, crepes, *parfaits* y tartas de fresa.

Sayaka optó por una con caramelo salado y él le añadió nata montada y almendras tostadas.

—¿Puedo ir contigo el sábado? —preguntó Kenta.

—¿Quieres decir a Tokio?

El niño asintió con la cabeza.

—Perdona, pero ¿el sábado no debes ir al colegio?

—El sábado no hay colegio.

—¿Y no sales con tus padres?

—Los dos trabajan.

Shūichi hizo amago de replicar algo en el preciso momento en que Kenta se dirigía a Sayaka:

—¿Y ella?

—¿Yo qué?

—¿Está libre el sábado?

Shūichi no entendió lo que quería decir.

—Pasado mañana es *tomobiki*, de manera que sí.

Kenta frunció el ceño.

—Yo organizo funerales.

—¿Trabaja con los muertos? ¡Qué guay!

Shūichi permaneció al margen, sonrió.

—Los funerales nunca se celebran en los días de *tomobiki*, dicen que trae mala suerte, ¿no lo sabías?

Kenta negó con la cabeza.

—Si escribes *tomobiki*, verás que dentro están los *kanji* de «amigo» y de «tirar» —le explicó Sayaka enseñándole los caracteres en el móvil—. Así que es como si el que muere ese día pudiera llevarse a sus amigos a la tumba.

—Pero ¡eso es terrible! ¡Vas al funeral de un amigo y luego te mueres!

—Siendo así, podemos ir juntos a Tokio. ¡Podemos visitar la exposición de los Pokémon en Shibuya! ¡Está en el Bunkamura y el sábado es el último día!

Shūichi comprendió de repente lo que pretendía Kenta.

—¿El último día?

—¡Sí!

—Estará abarrotado…

—¡Sí! Además, ¡luego cerrará para siempre! ¡Para siempre!

Shūichi y Sayaka se rieron del tono dramático de Kenta.

—¡Vamos! —suplicó Kenta—. ¡Venga! Podría usarlo para hacer una investigación escolástica. Mis padres nunca me llevan a ninguna parte, así tendría por fin una cosa superguay sobre la que escribir.

Shūichi se echó a reír, primero quedamente y luego cada vez más fuerte. Había sido estupendo presenciar el embaucamiento de Kenta. Lo había enredado y no pudo por menos que reconocer que involucrar a Sayaka había sido una buena jugada.

—Por mí de acuerdo —dijo—. En cualquier caso, eres diabólico.

Luego, volviéndose hacia Sayaka, que ya estaba asintiendo con la cabeza:

—Claro que solo si te apetece.

—Por supuesto, ¿por qué no?

—¿Nos vemos a las nueve en la estación?

Esa tarde, después de haberse despedido de Sayaka delante del local de crepes, Kenta y Shūichi se encaminaron hacia casa. Guardaron silencio hasta que Kenta preguntó a Shūichi:

—¿Te gusta?

—¿A qué te refieres? ¿En qué sentido?

—Sayaka-san, ¿te gusta? ¿Estás enamorado de ella?

—No digas tonterías.

—Pero te gusta…

—No me disgusta, pero ¿a qué viene esa pregunta?

—Mmm —murmuró Kenta pensativo.

A decir verdad, la razón era algo que la señora Ōno le había dicho en una ocasión y otra cosa que le había contado hacía poco tiempo su madre. Las dos guardaban relación con la soledad, pero él no sabía cómo explicarlas.

La noche era fresca, el aire olía a flores y Shūichi se preguntó de dónde procedería el aroma.

—Pero, si te gusta, ¿por qué no la llamas para salir?

—Porque... no soy suficientemente feliz.

El niño arqueó las cejas y hasta Shūichi se sorprendió de su respuesta.

—Si no crees que puedes mejorar la vida de una persona, no debes tratar de atraerla.

—¿Y tú no eres feliz?

—No lo sé. Puede que no lo bastante como para invitar a salir a una mujer.

Llegaron al puente que cruzaba el río Nameri. Shūichi se asomó para mirar. Empezaban a notarse las cabezas cortadas de las peonías, febrero tocaba a su fin. De ahí provenía el aroma.

—Pero quizá podría ser ella la que te hiciera feliz, ¿no? —insistió Kenta—. Aunque es posible que a ella no le interese que alguien la haga feliz, puede que le vaya bien así.

Shūichi sonrió, pero no contestó.

—Además, no es cierto.

—¿Qué?

—No es cierto que tú no mejoras la vida de las personas. Tú, por ejemplo, me haces feliz.

Después, sin aguardar la reacción, Kenta echó a correr.

—¡Hasta mañana entonces! —gritó sin frenar la carrera, como si temiera que, al recordarlas, esas palabras se volvieran falsas.

Las ventanas de la primera planta de la casa estaban iluminadas, los padres de Kenta debían de haber regresado hacía poco. Shūichi aguardó a que el niño cerrara la puerta tras de sí y enfiló la subida.

DOKI DOKI

—**H**oy es mi cumpleaños.

—Lo sé, también es el mío.

—¿Vas a comer tarta?

—Mi abuela me ha dicho que me la va a hacer de fresas y nata.

—Mi madre me la compra, iremos a elegirla a la pastelería esta noche.

—¿No te parece extraño que cumplamos años el mismo día?

—Un poco. ¿Crees que significa algo?

—¿Como qué?

El niño pequeño guardó silencio. Todo el amor que sentía necesitaba demostraciones, puntos de apoyo en el mundo real. No dejaba de buscarlos. Le habría gustado decir que la fecha coincidía porque habían nacido para ser amigos, que nadie los separaría jamás. El mero hecho de imaginarse diciéndolo hizo que se sintiera tonto. Cambió de tema.

—¿Qué trabajo te gustaría hacer de mayor?

—Contesta tú primero.

—Piloto de aviones, quiero volar.

—Mira que no es necesario ser piloto para volar. Puedes subir a un avión o alquilar un helicóptero…

—Pero hay que pagar. Volar es muy caro.

—Es verdad…

— ¿Tú, en cambio?

—Quiero hacer el trabajo de mi padre. Mi madre siempre dice que él ve más cosas que los demás. Millones de cosas más que los demás. Y no porque tenga mejor vista, sino porque quiere verlas.

El niño pequeño no lo entendió.

—¿En el sentido de que quieres ver más cosas?

—Más cosas en un espacio más pequeño. Así no tienes que ir a saber dónde para ser feliz.

Al niño le encantaban esos discursos de su amigo mayor, llenos de pausas y de tantas certezas que parecían escritas. Él no estaba seguro de nada, así que se sentía feliz cuando lo escuchaba. Él tampoco tenía necesidad de ir a saber dónde para ser feliz.

Le pidió que le explicara mejor lo que quería decir y escuchó con admiración cómo le contaba las charlas que tenía con aquel padre curioso y aquella madre que siempre estaban a su lado y que el pequeño tanto envidiaba.

—Mi madre me ha explicado que la felicidad funciona así, que ocurre cuando consigues hacer más cosas con menos.

El viernes por la tarde, cuando lo acompañó a casa, Shūichi insistió en conocer a los padres de Kenta.

El niño estaba nervioso, pero Shūichi le explicó que una cosa era que fuera a verlo por las tardes después del colegio y otra muy distinta que lo llevara a Tokio un día entero. Estaría bajo su custodia y no podía tomarse semejante libertad sin la aprobación de su familia.

—¡Pero si a ellos les parece bien! —replicó Kenta con hosquedad.

—En ese caso, ¿qué te preocupa?

Su madre estaba sola en casa y lo saludó con gran cordialidad. Acababa de regresar y aún llevaba puesto un traje elegante, pendientes y un collar e iba perfectamente maquillada.

Lo condujo al salón y le ofreció una taza de té; Kenta desapareció. La mujer dijo que estaba calentando comida para la cena. Se disculpó por el desorden, pero estaba pasando por una época infernal en la empresa donde trabajaba. Le explicó a qué se dedicaba, también su marido, el funcionamiento de la casa. Hablaba sin cesar. Shūichi tuvo la impresión de que se concentraba sobre todo en la geometría de sus vidas.

Bajando la voz, dijo que conocía bien a la señora Ōno. Era una mujer adorable y le agradecía mucho que hubiera ayudado a Kenta con el colegio. Había sentido mucho su muerte.

Shūichi se apresuró a decir que, a diferencia de su madre, él no era un maestro profesional y que se limitaba a ayudar al niño cuando se lo pedía, pero la mujer parecía saber mucho más de él de lo que Shūichi había imaginado. Al principio se puso nervioso, el hecho de que lo hubieran estudiado tan a fondo le produjo cierto malestar, pero se tranquilizó al pensar que los padres de Kenta se habían molestado en saber con quién pasaba las tardes su hijo.

Tras toda una serie de formas de cortesía («¿seguro que Kenta no le molesta?», «sería un placer invitarle un día a comer, en cuanto los horarios de trabajo nos lo permitan», «téngame al corriente de los gastos, por favor», «no quiero aprovecharme de su amabilidad»), Shūichi se despidió. Quedaron en que pasaría a recoger a Kenta a la mañana siguiente.

El niño solo se asomó a la sala de estar hacia el final de la conversación. Shūichi pensó que, dado lo curioso que era, lo más probable era que los hubiera estado espiando desde detrás de la pared.

Caminaron juntos hacia la puerta principal. Kenta no dijo una palabra. Solo esbozó una sonrisa cuando Shūichi le acarició la mejilla.

—¿Ves como al final todo ha ido bien? —susurró Shūichi como si le estuviera contando un secreto.

Acto seguido, bajó a la calle y en la oscuridad de la avenida se llevó la mano al corazón.

Kenta, Sayaka y Shūichi subieron al tren con destino a Tokio a las nueve y diecisiete de la mañana.

Shūichi estaba nervioso, pero no sabía por qué. Kenta y Sayaka jugaron durante un buen rato; sacaron las cartas de memoria, fueron eligiéndolas en parejas de veinte, veinticinco y, por último, treinta, y las pusieron encima de la única superficie disponible, la pequeña carpeta de Shūichi. En lugar de los consabidos animales, en las cartas aparecían representados una serie de ideogramas relacionados con distintas partes del cuerpo: los ojos, la barbilla, los antebrazos, los omóplatos y el estómago.

Shūichi explicó a Sayaka la obsesión que su madre y Kenta tenían con los *kanji* y eso derivó en una conversación sobre la infancia de ella.

—Según parece, cuando era niña no hablaba, solo cuando estaba a solas con mi tío. Probablemente era la persona a la que más quería. Solíamos hacer excursiones y, a condición de que no se lo dijera a nadie, me prometió que me enseñaría los *kanji* secretos del mundo.

—¿Secretos?

—Sí —contestó Sayaka sonriendo—, me reveló el antiguo nombre de las montañas de Kamakura, el del mar de la bahía de Sagami, cómo sonaba *de verdad* cierto cruce, una hierba (injustamente) olvidada por todos que, en cambio, era un remedio formidable contra la avaricia.

—¿Contra la avaricia? —preguntó Shūichi, sorprendido.

—Sí, sé que suena absurdo, pero es aún más absurdo que yo me creyera todo lo que me decía. En realidad, eran *kanji* creados por mi tío, que seleccionaba partes de varios ideogramas y luego las unía. Solo cuando crecí descubrí que se los había inventado por completo.

Shūichi soltó una carcajada.

—¿Y cómo reaccionaste cuando comprendiste que eran falsos?

—Primero me enfadé muchísimo y le dije que no volvería a dirigirle la palabra, pero después, casi al mismo tiempo, me eché a reír y me reí tanto y tan a gusto que hoy sigo haciéndolo cada vez que lo recuerdo.

—¿Aún los recuerdas?

—Claro que sí, uno tras otro —contestó Sayaka riéndose—. ¡No sirven para nada! ¡Para nada en absoluto! Una parte entera de mi memoria está ocupada por conocimientos completamente superfluos. ¿Sabes? —continuó—. Creo que es la primera vez que se lo cuento a alguien. Era un juego que solo compartíamos mi tío y yo, y el trato era que no se lo revelara a nadie. Así que incluso después de su muerte siguió siendo nuestro secreto.

—¡Te toca a ti! —gritó Kenta en ese momento para que Sayaka se concentrara de nuevo en el juego de las cartas de memoria.

—¡Tienes razón, lo siento!

Cuando llegaron a la estación de Shinagawa, a Kenta solo le faltaba un turno para encontrar el hígado y el bazo, y a Sayaka un par para dar con el recto y la pupila.

Durante el cambio de tren y la breve espera hasta el siguiente convoy, Shūichi observó a Sayaka y a Kenta con el rabillo del ojo. Parecían conocerse desde hacía mucho tiempo.

Despachó la correspondencia en su móvil, calculó el tiempo que tardarían en viajar de Kanda a Shibuya, donde tenía lugar la exposición de los Pokémon. Además, compró las entradas por internet, le parecieron excesivamente caras, pero ni siquiera se desanimó cuando descubrió que había que esperar mucho en la entrada.

Al final, pensó que, mientras él llevaba las ilustraciones a Ishii, Sayaka y Kenta podían esperarlo en el café Doutor, que estaba en las inmediaciones de la editorial: no tenía ganas de que un compañero, el jefe de prensa, una secretaria o cualquier otra persona que lo conociera siquiera de vista pudiera hacerle preguntas. Durante años, le había molestado tener que dar explicaciones. Además, en ese caso no habría sabido realmente qué decir.

Llegaron a las diez y media. Shūichi entregó los dibujos, explicó brevemente el desarrollo de la trama, y a las once y cuarto ya estaban en el tren rumbo a Shibuya.

La exposición Pokémon resultó ser una maravilla.

Por suerte, esperaron menos de lo previsto: entraron tras treinta minutos de cola. A Shūichi, que conocía al detalle tanto a los protagonistas y a los personajes secundarios como el desarrollo de los capítulos de la saga, lo embargó una especie de nostalgia luminosa. En medio de los gritos entusiastas de Kenta, que tiraba de ellos de un lado a otro para que le hicieran fotografías y buscaran información con el código «Q» del móvil, Shūichi intentó explicarle a Sayaka qué significaba la Poke esfera, en qué consistía la evolución de un Pokémon y quién era el profesor Oak.

Cuando salieron a las atestadas calles de Shibuya, Kenta siguió imitando a las criaturas sobrenaturales haciendo movimientos espasmódicos y remedando los efectos sonoros, a la vez que comentaba entusiasmado la visita. El rincón dedicado a la realidad virtual lo había cautivado por completo y, en las dos horas que había pasado allí dentro, había abatido el muro que separaba la realidad de la imaginación.

Shūichi y Sayaka también compartían la emoción de Kenta, y a Shūichi le vino a la mente un restaurante situado en un callejón secundario, entre Harajuku y Shibuya, donde preparaban un *parfait* gigantesco. Era el postre de cuchara más grande que había visto en su vida: cinco kilos de helado, cremas y decoraciones golosas para consumir, al menos, entre cuatro personas. En cualquier caso, fue cauto con su promesa, porque en Tokio era frecuente no poder encontrar por segunda vez un lugar que ya se había visitado en una ocasión.

—Era magnífico, pero es probable que ya no exista —dijo Shūichi a Kenta para que no se llevara un chasco—. Tokio se transforma sin parar.

—¡Da igual, intentémoslo de todas formas! —exclamó el niño.

Cuando llegaron a la dirección que recordaba, Shūichi comprobó con tristeza que el restaurante había cambiado de nombre y que el interior ya no era dorado y plateado, sino que había sido pintado en tonos pasteles. Pero luego, al ver la reproducción del enorme *parfait* en el escaparate, en medio de pedazos de tarta y de crepes, se llevaron una inmensa alegría.

A Shūichi el dulce le pareció aún más grande: estaba sembrado de estelas de nata, chocolate y merengue, salpicado de galletas de todas las formas y de pralinés multicolores; tenía las esquinas rellenas de fruta y de muesli tostado, y unos finos pedazos de tarta de queso y de cerezas. Todo ello sumergido en un montón de nata montada.

Al ver aquella exageración, a los tres les entró la risa floja. Eran incapaces de imaginarse cómo se sentirían cuando terminaran de comérselo, estaban seguros de que saldrían doblados por el dolor de estómago.

Entraron eufóricos, pidieron a voz en grito el *Jumbo Parfait* y durante la siguiente hora jugaron a Hansel y Gretel, devorando primero la montaña de dulce a cucharadas, después sacando las partes más duras con las yemas de los dedos y, por último, aspirando las partes sueltas con unas pajitas.

La náusea les iba a durar varias semanas. Aun así, el recuerdo de aquella tarde los acompañaría para siempre.

De cómo Kenta, Shūichi y Sayaka atravesaron el cruce
de Shibuya y de cómo esa experiencia significó para cada
uno de ellos comprender que algo anidaba en silencio
en su interior

KENTA

Kenta gritó emocionado ante la idea de atravesar el cruce de
Shibuya que, según Shūichi, era el más concurrido del planeta. Quiso recorrerlo por todas partes como si fuera una
pista de aterrizaje: cambiaba las marchas, tomaba carrerilla,
saltaba con una pierna y luego con la otra, y, apenas parpadeaban los semáforos, echaba a correr. Shūichi y Sayaka intentaron disuadirlo cuando quiso probar a cruzarlo con los
ojos cerrados, como hacía en Kamakura, en la avenida que
lleva al santuario de Tsurugaoka Hachimangū. El niño se
sentía protegido por aquella multitud, mucho más alta que
él, por la gente que se movía en, al menos, cinco direcciones
distintas y que, a pesar de ello, como por arte de magia, no
chocaba en ningún momento. Tenía la impresión de formar
parte de un sotobosque, donde los árboles se extendían
abundantes y él, una seta diminuta, crecía entre las sombras
de los demás.

SHŪICHI

Shūichi se concentró en las decenas de miles de corazones
que latían al mismo tiempo y en las caras que veía pasar y
que olvidaba enseguida, miraba y confundía, observaba un

instante y luego dejaba desvanecerse para siempre. Eran las caras de millones de desconocidos que no le daban ninguna pista. Le gustaba imaginar que entre la multitud anónima de Shibuya había hombres y mujeres que habían logrado adjudicarse concursos complicados, que habían recibido grandes reconocimientos o que, quién sabe, tal vez habían pasado la mitad de su vida entre barrotes. Uno de los juegos que le gustaba compartir con su madre cuando era niño era mirar las caras de las personas e inventarles una existencia mientras esperaban en la farmacia, en el banco o fuera de un restaurante. Shūichi creía que, si hubiera podido detenerse a mirarlas, en esas caras habrían aparecido pruebas de infinitas vicisitudes.

SAYAKA

Sayaka miraba la muchedumbre de Shibuya y, por encima de todo, veía a las parejas que caminaban agarradas y que atravesaban la plaza en diagonal, jóvenes sin miedo. Jamás lo confesaría, pero en ese momento pensó que solo era posible enamorarse en silencio y sin cautela. Los latidos se volvían desordenados y en el pasado, cada vez que había sentido amor por alguien, Sayaka había tenido la impresión de perder un puñado cada semana. Llegaba al lunes con la boca seca, el hambre se había disipado y el mundo había sido aspirado, por turnos, en unos ojos y una línea, la misma que ella trazaba a lo largo del contorno de la persona que elegía. En su familia nadie había sospechado nunca que se hubiera enamorado, ni el tío al que adoraba y con el que había tenido incluso más confianza que con sus padres, ni su hermano, que era mayor que ella, a pesar de que a sus ojos siguiera siendo un niño. Sayaka administraba la discreción sobre sus asuntos amorosos como si fuera una cuestión de vida o muerte: todo aquello que sabían los demás estaba destinado a terminar, mientras que aquello que lograba sembrar en secreto en la cavidad de su pecho y que florecía a espaldas de todos permanecía vivo.

Kenta había querido hacerse a toda costa una fotografía al lado del perro Hachiko para incluirla en su investigación escolástica.

En ese momento, los tres estaban inclinados hacia la pantalla para comprobar si era necesario repetirla: en la primera, el niño aparecía con los ojos cerrados, y en la segunda, con los dedos tapándole media cara.

—Siempre salgo fatal en las fotos —admitió Kenta.

—Porque te avergüenzas. Las mejores fotos salen cuando no se posa.

Sacaron cuatro más y después se dirigieron con parsimonia hacia los tornos de la estación.

—¡Maeda-san, cuánto tiempo!

Shūichi alzó la mirada y vio a una mujer rolliza con los labios bien pintados y las cejas trazadas en una línea. ¿Quién era?

—¿No se acuerda de mí? Soy la madre de Koichirō, el compañero de clase de Shingo.

—¡Ah, claro! ¿Cómo está?

—Todo bien, por suerte. ¿Cómo está su mujer?

—Supongo que bien.

—¿Supone?

—Nos separamos hace tiempo.

Sayaka guardó silencio. Instintivamente, puso las manos sobre los hombros de Kenta, como si buscara cohesión en la cosa informe que iban a representar para un extraño.

—Ah, lo siento. ¿Sabe? Hace poco, Koichirō sacó las fotografías de la escuela primaria y me dijo lo mucho que la echa de menos.

El niño buscaba con los ojos a Shūichi. ¿Quién era esa mujer?

—Imagino que Koichirō debe de estar preparándose para entrar en secundaria.

—Sí, está estudiando para entrar a la escuela pública Keiō.

—Es una escuela magnífica, felicidades.

—Koichirō aún se acuerda de Shingo, dijo que nunca lo olvidaría y está cumpliendo su promesa. De vez en cuando, me habla de él y me cuenta algunas anécdotas que compartieron en el colegio.

—Gracias —contestó Shūichi secamente. ¿Sería que la mujer no se había fijado en Sayaka y en Kenta?

—Fue una verdadera desgracia. ¿Sabe que desde entonces no he vuelto a llevar a mi hijo a la piscina? Al menos, me alegro de que haya ganado el caso. Algo así no debe volver a ocurrir.

—Se lo agradezco.

Entonces, como si se hubiera percatado en ese momento de la presencia de Sayaka y de Kento, la mujer exclamó:

—¡No era mi intención hacerle perder el tiempo, lo siento!

—No se preocupe.

—Bueno, ¡que tenga un buen día!

—Usted también, espero que a Koichirō le vaya bien con los estudios.

Shūichi, Sayaka y Kenta entraron lentamente en la estación.

Nadie hizo preguntas. Subieron al tren de la línea Yokosuka, que estaba excepcionalmente parado en el andén. Kenta corrió a ocupar los asientos para cuatro personas y los tres hundieron sus cuerpos en ellos tras dejar el equipaje en el cuarto.

Después del encuentro con la desconocida habían enmudecido. Kenta estaba agotado, cerró los ojos enseguida y cuando pasaron por Kawasaki ya se había dormido.

—Shingo era mi hijo —dijo Shūichi de repente.

El tema debía salir en la conversación algún día y era consciente de que, si no lo sacaba él, Sayaka nunca lo abordaría.

—¿Qué le pasó?

—Un accidente, se ahogó en la piscina.

—¿Cuándo?

—Hace dos años.

Shūichi miró por la ventanilla, pero estaba anocheciendo y no tardaría en aparecer su cara reflejada en ella.

—Esas cosas pasan —dijo con calma, pero luego se corrigió—: No, decimos eso, pero la verdad es que esas cosas no suceden. A nosotros, sin embargo, nos sucedió.

Sayaka hizo entonces algo que nunca hacía, ni siquiera en el trabajo, cuando lavaba y maquillaba a los cadáveres y se enfrentaba al dolor de los familiares: extendió las manos y estrechó las de Shūichi entre las suyas.

—Lo siento mucho —dijo, y lo dijo porque su sentimiento era sincero.

Cuando Shūichi le explicó cómo se había producido el accidente, Sayaka creyó haber oído algo hacía unos años, quizá en un reportaje en la televisión, pero no recordaba dónde había acaecido ni cuántos años tenía el niño.

Shūichi le contó que ese día, Aya, su mujer, había llevado a Shingo a la piscina, como solía hacer todos los martes y jueves durante las vacaciones estivales. Al niño le encantaba nadar y, dado el calor sofocante, zambullirse en el agua era la mejor manera de pasar el verano.

Le gustaba quedarse en apnea unos segundos para poder sorprender a su madre apareciendo al otro lado de la piscina. Aya lo vigilaba, participaba en el juego desde el borde.

Ese día, recordaba que le había dicho al niño que saliera, que se había vuelto unos segundos para recuperar la toalla y la bolsa con la comida y que al final se había girado de nuevo para llamarlo. Quería que se comiese el *onigiri* y los pedazos de manzana que le había preparado en casa esa mañana. Era casi mediodía y seguro que tenía hambre, por mucho que lo olvidara mientras se divertía.

Pero, cuando se volvió, no vio a Shingo. Lo buscó entre la decena de niños que estaban en el agua, rastreó la superficie esperando los tres o cuatro segundos que Shingo solía tardar en emerger, pero no sucedió nada. Había desaparecido de la vista de repente.

Cuando se aseguró de que no estaba en la piscina, Aya gritó pidiendo ayuda y se lanzó instintivamente al agua para buscar una sombra, pero, para entonces, Shingo ya había perdido el conocimiento.

La boquilla de ventilación lo había aspirado y, debido a una avería, lo había arrastrado hasta el fondo. El niño había sufrido casi de inmediato una parada cardíaca y los repetidos ciclos de reanimación cardiopulmonar que le habían efectuado al borde de la piscina no habían servido para nada. Después lo transportaron en helicóptero al hospital, pero, una vez allí, lo declararon muerto. Se podía decir que había muerto ahogado o que su corazoncito se había parado debido al susto.

Siguieron los peritajes de los técnicos para determinar las responsabilidades, las causas de la avería, la fuerza de aspiración de la boquilla, el punto preciso donde Shingo estaba nadando y la dinámica exacta del accidente.

En las semanas posteriores al 16 de agosto, Shūichi estuvo en contacto periódicamente con los abogados. No entendía la terminología técnica con la que le explicaban la muerte de su hijo. Tenía la impresión de ser constantemente investido por una luz demasiado fuerte y que él se movía a ciegas en el sol. Firmaba cuando era necesario, pero Aya le reprochaba con acritud que tardara, aunque solo fuera unas horas, en responder a un correo electrónico o a una llamada telefónica: debido a su negligencia era posible que la audiencia se pospusiera o que incluso no se celebrara, perjudicando de esta forma la concatenación infinita de sutilezas que debían garantizar su «justicia». Shūichi escuchaba esa palabra y no la entendía: si al final ganaban la causa, ¿qué sería realmente *justo*?

Por lo demás, Aya no se perdonaba el hecho de haber estado todo el tiempo con el niño y haberse distraído justo cuando el pequeño se había sumergido en el agua. Su temperamento la llevaba a pedir disculpas por todo, incluso cuando no creía tener la culpa. El problema era que, al final, a Shūichi todo le sonaba por desgracia a una acusación.

Si Shūichi hubiera estado también ese día en la piscina ella no habría tenido que volverse para ir a por la toalla y la bolsa con la comida, ¡habría estado con su hijo! ¡Si Shūichi no hubiera tenido una aversión absurda por el cloro, habría ido con ellos y el destino habría sido otro! ¡Sí, claro, el destino regresa, por descontado, pero morir a los ocho años y de esa manera era demasiado!

—¡Además, maldita sea, el destino no existe! —había gritado Aya dando un portazo el día en que Shūichi le había parecido definitivamente resignado.

Él, sin embargo, se había quedado parado en el jardín, contemplando cómo esos días alargaban las ramas grandes y pequeñas hasta conquistar todo el cielo.

*La cita que Shūichi transcribió en su cuaderno
el 13 de noviembre de ese año*

«Ya no me irrita el final feliz del cuento: lo necesito».

ELIAS CANETTI, *Apuntes,* 1942–1993.

2

Aya era muy menuda, bien proporcionada, pero realmente menuda. No medía más de metro y medio. Cuando nació Shingo, a Shūichi le pareció una niña que había dado a luz a un bebé en un curioso juego de matrioskas, que suponía que él podía contenerla idealmente a ella, que a su vez había contenido al recién nacido. La imagen le hacía reír mucho, a tal punto que un día dibujó tres matrioskas y, sin dar ninguna explicación, las pintó en un cuadro que más tarde colgó en el salón.

Recordaba la primera emoción que le produjo acoger a Aya en su vida. Compartir los bancos en el comedor, encontrarla delante del restaurante cuando comían fuera de las horas de clase. Aya había ocupado inmediatamente un lugar cuyo alcance él no lograba imaginar. ¿Qué hacía cuando no estaban juntos? ¿Qué pasta de dientes utilizaba? ¿Prefería el pescado a la plancha o al vapor? ¿Y el surf? ¿Le gustaba el surf?

Hacerse esas preguntas le ensanchaba el alma: Shūichi se estaba preparando para hacer sitio a otra persona.

La primera vez que había posado la mirada en ella tenía diecinueve años. Estaban en el aula de francés y Aya había entrado jadeando en el momento en que el profesor estaba mezclando a los estudiantes para que repitieran el *role-play* con otro compañero. Esa mañana alguien se había suicidado en la línea Chūo y la lección se vio interrumpida en varias ocasiones por los alumnos que fueron llegando con retraso.

El cielo verde brillante era todo lo que podía verse desde las ventanas del quinto piso de la universidad. Las nubes surcaban el horizonte y Shūichi recordó que era otoño, el sol estaba alto, pero, aun así, hacía frío. Se había quedado estupefacto: ¿cómo era posible que se calentara tan poco aun estando al sol? Y había pensado que todas las cosas importantes de su vida ocurrían en otoño.

Después, ella aceleró y él no se movió. Tras dos meses de relación, Aya le dijo «te quiero» y él se quedó de piedra. Lo mismo ocurrió cuando ella le anunció, al cabo de muchos años, que estaba esperando un hijo. A Shūichi, que dudaba del lenguaje, lo dejó atónito la exacta correspondencia entre lo que Aya decía y lo que realmente oía.

Él pensaba más bien que la gente tenía las cosas, pero no las palabras para nombrarlas. Puede que dichas palabras existieran, el problema era que nadie era capaz de dar con ellas cuando eran necesarias. Se imaginaba a hombres y mujeres sosteniendo un bate de béisbol y golpeando el aire, la bola se les escapaba o, incluso en el caso de que le dieran, era un milagro que esta cayera en el lugar que pretendían. Shūichi estaba convencido de que los raros casos en que las personas tenían las palabras exactas para expresar lo que querían decir eran en buena medida accidentales.

En cambio, los sentimientos de Aya llegaron a él de forma inequívoca, de inmediato.

Cuando Shingo nació, Shūichi se había sentido aún más confundido. Hasta cierto punto, no se había encariñado con aquel hijo: parecía propiedad exclusiva de Aya, no lo necesitaba. Lo quería por el misterio de ser un bebé, pero le habría costado decir quién era *ese niño* al que tan a la ligera llamaba *hijo mío*.

A decir verdad, al principio había sentido sobre todo miedo. Jamás lo habría admitido, aunque solo fuera porque Aya también parecía aterrorizada, si bien por motivos completamente diferentes. Temía no ser una buena madre, no ser capaz de amamantarlo bien ni de seguirlo como correspondía en su desarrollo. Shūichi, simplemente, temía quererlo.

Shūichi consideraba arriesgado el nacimiento de un hijo, lo mismo que un amor o la adición de una amistad, de un amante o de un estimado compañero.

—Cuanta más gente sumas, más parcial es la felicidad. Ser feliz se va complicando a medida que vas agregando personas, porque entonces ya no basta con que las cosas te vayan bien a ti, es absolutamente necesario que también les vayan bien a los demás —le había confiado una vez al doctor Fujita.

—Por supuesto, si vamos ampliando el ámbito de nuestros afectos, la estadística nos va dando cada vez menos la razón. Ya no es posible ser del todo feliz —había respondido el doctor esbozando una sonrisa mientras le tomaba el pulso—. Ahora bien, siempre y cuando antes fuéramos *completamente* felices solos.

Ese día, el médico le había anunciado que se acercaba el momento en que iba a tener que someterse a una operación de corazón. El tono se había vuelto confidencial.

—Daría lo que fuera por evitar la operación —había comentado Shūichi con un suspiro mientras se abotonaba la camisa.

—No ha de ser enseguida, puede estar tranquilo Maedasan, pero no olvide que será necesaria —había afirmado el doctor Fujita—. En cualquier caso, tendrá que permanecer ingresado como mucho una semana en el hospital, después lo restituiremos a su vida de siempre.

Shūichi se despidió afectuosamente del doctor Fujita y regresó a casa. No imaginaba que un día, apenas un año después de la intervención, volvería a entrar en la consulta del cardiólogo con un diagnóstico completamente distinto (*síndrome de tako-tsubo* o *del corazón roto*).

Solo una semana más tarde, la idea de la operación se transformó en angustia cuando comprendió que debía proporcionar estabilidad económica a su familia. Esa noche, tras una jornada durísima (le habían tumbado la propuesta de un libro y en una reseña habían descrito su última obra como «una caída»), Shūichi se puso de nuevo a trabajar. Aya se había echado al lado del niño para dormirlo y, como sucedía a menudo, había acabado por adormecerse también.

Sentado a la mesa, al mismo tiempo que observaba los cuatro piececitos minúsculos extendidos sobre el futón a diferentes alturas, Shūichi había jugado a imaginar que ya no tenía una familia. Al igual que hacía en la tableta gráfica, había borrado todo lo que significaban Shingo y Aya en esa casa: las vajillas de flores, los juguetes multicolores, los libros de tela, los *eyeliner,* los rímeles y las faldas. Un día correspondería a los libros escolares, la mochila de piel de vacuno y los platos que Aya preparaba para cenar y que luego criticaba durante el resto de la velada.

Le cansaba tener que comunicar tanto y tan a menudo con unas personas que se deslizaban de un lado a otro de la casa como una barca con un mar embravecido bajo la quilla. Esa noche se sentía exhausto y tuvo la impresión de que ya era bastante arduo afrontar la vida en primera persona. Había subestimado ampliamente la dificultad del compromiso. Tras la fórmula «familia» había toda una carga de cosas que hacer y que no hacer, juntos y solos. Un sinfín de síes y de noes.

Con los años repetiría ese juego una y otra vez, se convertiría en un hábito sin peso emocional. Lo hacía sin más, como si se imaginara que quitaba una mesa de la habitación o que sustituía un armario.

a. El síndrome de *tako-tsubo* o del corazón roto tal y como el doctor Fujita se lo explicó a Shūichi cuando este le contó cómo se sentía:

«El *tako-tsubo* o síndrome del corazón roto es una miocardiopatía normalmente transitoria causada por un estrés agudo de origen físico o psicológico, como un traumatismo, un duelo, una separación o una situación de extremo peligro. En su caso, es evidente que tiene su origen en el duelo que padeció. Este síndrome provoca una disfunción del ventrículo izquierdo y se manifiesta con síntomas similares a los de un infarto de miocardio, dolor torácico, alteración del ritmo cardíaco y sensación de ahogo. Suele ser transitorio y solo causa la muerte en un 1 % de los casos, pero usted ya es un paciente con cardiopatía. Debe encontrar la manera de aligerar su carga psicológica. ¿Duerme por la noche, Maeda-san? ¿Come bien?».

b. El síndrome de *tako-tsubo* o síndrome del corazón roto según lo que Shūichi leyó más tarde en un libro de divulgación que tenía en casa:

«El *tako-tsubo* o síndrome del corazón roto fue descrito por primera vez en Japón en 1991. El 23 de octubre de 2004, cuando tuvo lugar en la prefectura de Niigata un terremoto de magnitud 6,8 de la escala Richter, un equipo de investigadores atendió a dieciséis pacientes a los que se les había diagnosticado. Su nombre procede del término utilizado en japonés para nombrar a una trampa para pulpos cuya forma se asemeja a la de un corazón afectado por este trastorno. En la investigación participaron quince pacientes de sexo femenino y uno de sexo masculino con una edad media de setenta y un años y medio, que habían sufrido en su totalidad el fuerte terremoto. Los investigadores calcularon que el estrés causado por la catástrofe había multiplicado por veinticuatro la probabilidad de contraer el "síndrome del corazón roto"».

c. Lo que Shūichi pensó ese día antes de irse a la cama.

De manera que es cierto, se puede morir de amor. Podemos morir si se nos parte el corazón.

Cada año desaparecían en Japón más de mil niños. Algunos de ellos eran encontrados, y otros, se presumía, debían de haber sufrido algún accidente: se habían caído al mar o por una montaña, o, como hacían a menudo los niños para sentirse seguros, se habían refugiado en un escondite impensable, en un lugar demasiado estrecho donde, por pura mala suerte, acababan muriendo. Otra parte de ellos, la maldita, era secuestrada para un tráfico cuya magnitud era inimaginable. Otra se marchaba y quizá fuera la menos dolorosa, porque los «menores» eran en su mayoría adolescentes, casi adultos que habían cumplido catorce, quince, diecisiete años, y lo cierto era que la fuga los alejaba de una situación de degradación y horror.

Shūichi había investigado la desaparición de niños en Japón con la ansiedad de un hombre que jamás sería capaz de enfrentarse a una desgracia. Amar, se repetía, era un riesgo intolerable. En ciertos momentos de dolorosa sinceridad, se preguntó si no sería por eso por lo que había elegido a Aya, porque la quería, sí, pero sin desesperación: la vida no se detendría si ella se marchara.

A lo largo de los años, Shūichi había entrenado las manos para que fueran capaces de dejar ir las cosas en lugar de aferrarse a ellas, había procurado hacer menos, sentir menos. Pero un niño no era algo que estuviera dentro del ámbito de lo que podía mantener bajo control y, mucho menos, un niño que había llegado a su vida siendo un bebé. Partir de esa abrumadora superioridad —física e intelectual, dada su absoluta fragilidad— y, al mismo tiempo, del sentimiento de culpa que le producía ver cómo descargaba su fealdad sobre la criatura, porque el mero hecho de ser padre de un niño significaba haberle transmitido ciertas cosas que existían en su ADN, era una derrota anunciada; por si fuera poco, estaba el hecho de arrojarlo al mundo sin saber cómo enseñarle a hacer mejor lo que él había hecho a su vez, en parte porque era incapaz, pero también porque, entretanto, el mundo cambiaba, el mundo era distinto, y lo que antes valía ya no contaba para nada. ¿Qué podía dar que fuera significativo para su hijo?

Desde que era niño, Shūichi había padecido el síndrome del buen hijo, que más tarde se había convertido en el síndrome del buen marido. El síndrome del buen padre había acabado por agotarlo. Con los libros infantiles no ganaba suficiente dinero y siempre se sentía desprevenido frente a las frustraciones de Aya. Lanzaba esa mirada vacua e inútil, le decía que haría todo lo posible, pero no tenía la menor certeza. La vida le parecía una constante promesa de llevar a cabo otra mejor y más segura.

En cambio, con Shingo nunca se equivocaba; al contrario, el niño lo tranquilizaba, porque, con el tiempo, se había acrecentado ese amor tan complejo que Shūichi había intentado dominar y que había estallado definitivamente cuando el pequeño había empezado a hablar.

«Eres el mejor papá del mundo», le decía.

Tras el accidente que se produjo en la piscina el 16 de agosto, Aya y Shūichi lo intentaron todo.

Lo primero que hizo Aya fue empezar a trabajar a tiempo parcial en el *konbini* de la zona.

—Con tu formación podrías aspirar a más —le había dicho Shūichi.

—No tiene nada de malo trabajar en un *konbini* —había replicado ella, herida.

A decir verdad, antes de tomar esa decisión, Aya había hecho una semana de prueba en un restaurante, pero lo había dejado enseguida. Jamás olvidaría la angustia que había experimentado mientras aguardaba a los clientes con el delantal atado a la cintura y el pelo recogido, o vagando hacia delante y hacia detrás entre las mesas vacías. Había mirado mil veces por las ventanas y se había preguntado cuántos, entre los que caminaban apretando el paso por la acera o pasaban veloces con las bicicletas junto a los coches, sentían la misma necesidad de huir de ellos mismos, gente que, al igual que ella, pasaba horas tratando de ahuyentar sus pensamientos.

—No desprecio que trabajes en el *konbini*, lo único que digo es que me parece agotador —protestó Shūichi.

—Lo es, por eso lo he elegido. Estoy cansada, pero quiero ver con mis propios ojos que la vida sigue adelante. Gente que entra y sale por las puertas automáticas, gente que compra cosas para comer, cepillos de dientes, medias de nailon, helados de fruta, cigarrillos, bebidas alcohólicas, comida basura, que paga las facturas. Quiero que la vida no me deje en paz, que haga un ruido infernal, que me tire de la camiseta y me impida pensar.

Shūichi no replicó. En ese momento, comprendió que Aya, la niña que se había convertido en madre, volvía a ser una niña.

Shūichi había adoptado una estrategia diferente.

Para salvarse había elaborado con todo detalle un único día y lo había repetido durante meses.

En ocasiones se decía que seguía vivo porque estaba distraído.

—Estoy vivo porque estoy distraído —dijo también a Sayaka esa tarde en el tren, mientras se deslizaban entre los pliegues del Kanagawa procedentes de Shibuya.

Si no se había clavado la segunda flecha en el pecho, como habría hecho Guillermo Tell si hubiera fallado el primer tiro, había sido simplemente porque estaba distraído. Había apagado todo. La energía no había ido al estómago ni al pecho. No había comido ni bebido, pero tampoco había tratado de dar un paso hacia delante cuando el tren pasaba sin vigilancia para tirarse debajo de él. Más bien, había intentado interrumpir todo. En unos documentales había visto que ciertos animales se inmovilizan frente al dolor.

Shūichi había evitado durante meses la televisión y la música. Cuando, un día, cayó en sus manos un volumen sobre la composición química de las piedras y le vino a la mente el periodo en que Shingo las coleccionaba (y la inmensa alegría que sentía al meterlas en recipientes), dejó de leer libros.

Horrorizado, comprendió que todas las cosas de su vida —hasta la más distante— evocaban a Shingo.

Una tarde en que Shingo tenía seis años
y Shūichi treinta y seis

—¡Juguemos a las adivinanzas!
—¿Otra vez?
—¡Sí!
—¡Vale, empieza tú! —dijo Shūichi.

Caminaban de la guardería a casa y Shingo ya temblaba de alegría. Era su juego preferido desde hacía varios meses.

—Es un agujero, pero también una casa, ¿qué es?
—¡Una madriguera!
—¡Muy bien!
—¡Era fácil! ¡Ahora me toca a mí!
—Es blando y blanco.
—¿Una nube?
—No.
—¿Una esponjita?
—¿Qué?
—Los dulces que derretimos en el fuego del camping, ¿te acuerdas? Son blandos y muy dulces.

Shingo se quedó pensativo.

—Bueno, ¿esa cosa blanda y blanca se come?
—No, no se come.
—¿Y no está viva?
—No.
—¿Una almohada?

Shingo se traicionaba a menudo con sus manitas, que, naturalmente, mimaban las cosas que le pasaban por la cabeza.

—¡Exacto!

—Era difícil.

—¿Puedo hacer otra?

—¡Vale, te cedo mi turno!

—Es fácil: son unos animales que vivían hace mil años.

—Si estás pensando en los dinosaurios, te advierto que no vivían hace mil años.

—¿Mil trescientos?

—Se extinguieron hace sesenta millones de años.

—De acuerdo. ¡El último!

—¡Venga!

—Tiene dos patas, espinas en la espalda y lanza fuego por la boca.

Shūichi hizo varias preguntas antes de tirar la toalla: era Godzilla.

—Lo vi en casa de la abuela. ¡Daba mucho miedo!

Cuando entraron en casa, Shingo seguía imitando los pesados andares de la criatura.

Mientras tanto, agosto se convirtió en invierno y septiembre fue a la vez primavera y otoño.

Cuando Shūichi salió del letargo, su corazón se había endurecido, una cascada de pequeñas calcificaciones se había extendido por sus arterias y otras partes innominadas. No lloró, más bien se obstinó en repetir el mismo día durante todo un año. Lo perfeccionó hasta sincronizarse consigo mismo. Se obligó a tener hambre y sed de la misma comida, a la misma hora. Incluso la inspiración en el trabajo estaba programada. Era banal, aburrido, pero se convenció a sí mismo de que eso era justo lo que necesitaba. La ausencia de variables, no verse en la tesitura de tener que elegir nada, ni siquiera qué ponerse (cada día lavaba la misma ropa, un ciclo de calzoncillos, vaqueros y camisetas a los que simplemente añadía o quitaba un estrato dependiendo si hacía frío o calor). Sanaba procurando no tener que decidir siquiera lo que iba a comer.

Era maniático en cada detalle, cuidadoso para no crear variaciones. El último día del mes aglutinaba todas las molestias, los pagos que debía hacer, las tareas extra que había que solucionar. Ese único día abría por fin el correo y, como un autómata, realizaba una tras otra las llamadas telefónicas.

Cuando podía delegar, delegaba, e intentó no ponerse enfermo. La mera idea de tener que guardar cama durante días a causa de una gripe y romper su rutina le aterrorizaba.

—Pareces un robot, no hablas, no dices nada. Podría estar aquí o en cualquier otro sitio y te daría igual —lo acusó Aya una mañana.

—No entiendo mi vida, pero sigo con mi vida que no entiendo. No trato de cambiarla, solo la miro, no me emociona —así respondió Shūichi sin inmutarse, y entonces ella le dijo que iba a dejarlo.

Mientras Aya buscaba y encontraba otro alojamiento, él se quedaba solo en la casa que habían habitado los tres a partes iguales y que ahora le parecía desproporcionada, no solo por el número de personas que habían vivido en ella en el pasado, sino también por el volumen de existencia transcurrido.

Siguió haciendo la vida que no comprendía. Siguió sin contestar al teléfono, poniéndose la mascarilla en todas partes para no mostrar ningún sentimiento en los labios. En el *konbini*, entregaba a la cajera el *bentō* precocinado, la lata de café y una bolsa de caramelos de goma, le tendía la tarjeta de puntos de Lawson, pronunciaba la palabra «Suica» y la dependienta le señalaba con un dedo el lugar donde debía pulsar la tarjeta prepagada. Parecía una fórmula mágica.

Su madre lo buscaba, lo llamaba por teléfono, pero él no contestaba. *No sabría qué decirle*, pensó. Entonces, la mujer empezó a enviarle postales, las acuarelas que pintaba, libros ilustrados en inglés y francés procedentes de la librería internacional de Kinokuniya. Se comunicaban así desde que Shūichi se había mostrado capaz de agarrar un lápiz. Cada semana, sin pedir permiso ni a él ni a Aya, la señora Ōno les hacía llegar también una cesta de fruta: manzanas, peras y caquis en otoño, fresas y uvas en primavera. En esos meses, Shūichi se percató de la fatiga y el amor de su madre. Saber que estaba cerca supuso un alivio para él, pero sentía que ninguna mentira podría salvarlos de la evidencia: la pérdida de la felicidad.

De vez en cuando, le respondía con unas tarjetas postales en las que no le escribía nada, solo dibujaba. A veces era una sola hoja, otras una ventana vacía o una manzana azulada.

Después, al principio del verano, llegó el contacto con el abogado. En esa ocasión no se trataba de la causa que ya habían ganado, sino del divorcio. Se limitó a asentir.

Se había prometido a sí mismo que no se sentiría abrumado por la ausencia y, cuando lo consiguió, se preguntó si no sería un desalmado, una persona que no sentía nada y que, en caso de que lo hiciera, no tardaba en olvidar. El sufrimiento era para los profundos y él era superficial.

En uno de esos días, en una grieta desatendida entre la comida y la cena, se dio cuenta de que lo que la gente ignoraba era cuánto costaba la aparente superficialidad en términos de felicidad: sufrir menos era acallar el dolor, pero también significaba poner una parte de uno mismo fuera de combate, la misma que, por desgracia, coincidía con la capacidad de alegrarse.

Uno acababa como si estuviera delante de una mesa puesta, sentado con las manos entrelazadas en el regazo, repartiendo sonrisas de cortesía mientras los demás comían a dos carrillos y se pasaban la jarra; y la única acción que lo ocupaba no era tratar de averiguar la forma de participar en el banquete sino, por el contrario, la de no hacerlo. Más bien, intentaba desesperadamente que no se le hiciera la boca agua, que no le entraran deseos de pasar la salsa ni de satisfacer la petición de alguien que le pedía que le llenara el vaso.

Era inevitable: si renunciaba al dolor, la alegría también se desvanecía.

A lo largo de aquellos meses había llegado a convencerse de que su vida seguiría siendo siempre así, pero, de repente, todo dio un vuelco. Un día encuentras una llave rota en la cerradura, un niño entra en tu casa y la esperanza que creías perdida, como una costumbre olvidada, regresa.

Shūichi sonrió mientras lo decía.

Durante el viaje en tren de Shibuya a Kamakura, el invierno parecía haberse reanudado.

El cielo se volvió plomizo, el viento limó el paisaje.

—Entonces me di cuenta de que ese es el precio y que se paga por no sufrir, que no sufrir es lo único que se consigue de esa forma —concluyó Shūichi.

Casi habían llegado a su destino y Kenta, dormido, había apoyado la cabeza en el brazo de Sayaka y luego se había deslizado hasta su regazo.

—Creo que has alcanzado una valiosa conciencia.

—A su manera, él también me ha ayudado —confesó Shūichi señalando a Kenta con la barbilla.

Cuando Shūichi había leído la lista de Kenta para sobrellevar los ocho años (la había fotografiado y se la había enseñado a Sayaka en la pantalla del móvil), en un primer momento había pensado que el pequeño tenía mucha imaginación, pero luego había guardado silencio.

Había vuelto a ocurrir cuando Kenta había llegado triunfante a casa una tarde: ¡había decidido qué quería ser de mayor!

—¿Qué?

—Seré novelista —había contestado.

—¿Por qué?

¿Por qué? Pero ¡si era obvio! ¡Así podría contar todas las mentiras que quisiera! Pero, por encima de todo, había descubierto que podía contemplarse mientras vivía, ejercitarse a estar fuera de sí.

—Fuera —había repetido al menos una decena de veces.

—¡Claro, así no oyes nada desagradable!

Durante las siguientes semanas lo había invadido una vaga tristeza.

Era cierto que Kenta soñaba en voz alta, que se inventaba unas aventuras fantásticas en la calle, pero, en realidad, después no hacía nada para concretarlas. Se sustraía a todo: a las comidas familiares, a los juegos con sus compañeros de colegio.

—Al principio debieron de marginarlo, después decidió enfrentarse a todo como una forma extrema de defensa propia —comentó Sayaka observándolo atentamente.

Ahí está «la ironía de la suerte», había pensado Shūichi. Llevaba varias semanas llamando a su puerta, desde que ese extraño niño se había metido en su garaje para después, poco a poco, franquear el umbral y sentarse en el sillón.

—Estando con Kenta he ido desechando todas las estrategias que había puesto a punto desde la infancia, lo que me inventaba para que ni las cosas ni las personas fueran necesarias —explicó Shūichi.

Miró cómo el cielo se iba tornando negro al otro lado de la ventanilla.

—Lo único es que, a fuerza de eliminarlo todo, restringí también el afecto, y ahora miro alrededor y veo que, de repente, ya no soy nada.

—¿Qué significa eso? —lo interrumpió Sayaka—. A mí me parece que eres muy popular.

Los papeles, los nombres que lo habían traído al mundo, dijo Shūichi, se habían ido para siempre: ya no era *padre*, ya no era *hijo*, ya no era *marido*. A saber si podría llamarse *amigo*.

—La verdad es que nunca valemos de forma absoluta. Nada ni nadie vale así. Somos lo que somos debido a los nombres con los que nos llaman en el mundo, por el papel que desempeñamos en la vida de los demás —murmuró Shūichi. Por eso, cuando una tarde, hacía unas semanas, Kenta le había preguntado mientras podaban el pino del jardín: «Pero ¿tú eres mi amigo?», Shūichi, que no se conmovía por nada, que no había llorado ni en el funeral de su hijo ni en el de su madre, había dicho: «Por supuesto, perdona, espera un momento…» y había entrado corriendo en casa. Kenta se había quedado esperándolo mientras Shūichi sollozaba encerrado en el cuarto de baño.

—Cuando lloras es como si te salvaras un poco: me lo dijiste en el funeral de mi madre. ¿Te acuerdas?

—No me acuerdo. —Sayaka negó con la cabeza—. Aunque es posible que lo dijera… tuve la impresión de que no te desahogabas lo suficiente. Para ser un hombre que había perdido a su madre, tenías un control excesivo de ti mismo.

—Eso fue lo que me dijiste: cuando lloras, en cierto modo te estás salvando a ti mismo —reiteró Shūichi, convencido. Aquellas palabras habían grabado en su interior el sonido de la voz de Sayaka y quizá también por eso el pensamiento de la chica le había resultado entrañable cada vez que se había encontrado con ella.

A pesar de que la había olvidado en cada ocasión, cada vez que había coincidido con ella por casualidad se había sentido feliz, había experimentado una sensación plena de bienestar, como la de quien un día se topa con un amigo de toda la vida.

—La verdad es que, gracias a tus palabras, aquella tarde no me avergoncé de la exageración de lágrimas que solté. Solo me había ocurrido en otra ocasión, antes de irme de Tokio, el día en que quizá me curé un poco de la pérdida de mi hijo —dijo Shūichi.

No explicó más de lo que había sucedido *ese día* y, al cabo de unos segundos, Sayaka retomó la conversación:

—Hiciste bien. Además, no existen lágrimas exageradas. —Como si lo hubiera recordado en ese momento, añadió—: Por otra parte, creo que los papeles cambian constantemente en la vida. A lo mejor no seguimos siendo hijos de las mismas personas ni maridos ni padres. Mírame a mí: mi tío era mi padre. Yo no entendía a mis padres. Los quería, pero nunca me sentí en sintonía con ellos. En cambio, fue mi tío quien me crio, quien me dio el tipo de orientación que te hace sentir importante y asistido.

Sayaka recuperó el aliento y Shūichi cayó en la cuenta de que nunca la había oído hablar tanto y con tanta intensidad.

—No soy la madre de nadie, pero estoy segura de haber desempeñado ese papel más de una vez acompañando a las personas en su duelo. No sé, quizá suene confuso, pero creo que todos los días se puede reconstruir mucho.

Shūichi guardó silencio.

—Además —murmuró Sayaka—, mira a este niño...

El tren salió de Ōfuna y el altavoz anunció la siguiente parada: Kita-Kamakura. Faltaban dos estaciones para llegar. Sayaka movió suavemente la cabeza de Kenta.

—Hay que despertarlo —dijo en voz baja.

—¡Kenta! ¡Ya hemos llegado! —anunció Shūichi tomando entre sus manos la cara aún dormida del niño—. Da igual —dijo al final y, sin añadir nada más, le entregó a Sayaka la mochila escolar y lo tomó en brazos.

Lo que sucedió el día en que Shūichi se curó un poco
de la pérdida de su hijo

Shūichi había empezado a soñar con el niño en el fondo de una piscina vacía, ovillado hasta quedar reducido a un puño. A partir de entonces, todos sus sueños habían tenido algo que ver con el agua: travesías, barcas en el lago, galeones piratas.

Luego, una mañana se despertó sudando y rabioso, no tanto con la vida, sino con la celebración idealizada del niño *perfecto* que había muerto a causa de la *maldita* avería de la *supermaldita* boquilla de una *puta* piscina de Tokio.

Se rebeló y así fue como salvó la memoria de su hijo.

Porque Shingo también era el que se tiraba pedos bajo las sábanas y esperaba a que él entrara para levantarlas y reírse de las palabras sin sentido; el que gritaba con todas sus fuerzas cuando le ponían algo en el plato que no era de su gusto; el mismo que lo avergonzaba como a un ladrón cuando, de niño, se revolcaba dando alaridos en la calle porque él se negaba a comprarle un juguete nuevo.

Mientras se reía de las cosas que entonces le habían hecho echar espuma de rabia, comprendió que era la concreción, esa manera de ser trivial e imposible de su hijo, lo que lo conmovía. «¡Vete a la mierda!», repitió mil setecientas ochenta veces, jugando también a contar cosas como le gustaba hacer a Shingo.

Ese día recuperó las ganas de oír.

Se dio cuenta de que lo que echaba de menos no era tanto el entorno, la casa, el colegio, los fines de semana en familia haciendo lo de siempre, sino, más bien, un detalle dejado caer de vez en cuando en la conversación por casualidad, un objeto diminuto que encontraba por la casa, una cara de idiota.

Cuando dejó de reírse, Shūichi lloró. Lloró frente a las cerdas del cepillo de dientes que aún estaba en el lavabo, las acarició con la misma intensidad con la que una vez había frotado la punta de su dedo sobre la punta de su diminuta nariz. Lloró por el marcapáginas en el volumen de historia y en el de literatura: encontró uno de distinto color para cada libro de texto. Volvió a llorar, porque allí se detenía el tiempo, y pensó que, en cambio, Shingo había puesto una señal a todo porque le gustaba avanzar en él.

Al salir de casa aquel día, Shūichi volvió a *ver* a la gente, los árboles, el aire. Compró algo diferente para comer, incluso fue a un restaurante. Era precavido en muchas cosas, pero el valor que le daba recordar las tonterías de Shingo era sorprendente.

Tras varios meses de pausa, retomó el ritual nocturno que lo había acompañado desde la infancia. Agarró el estetoscopio que le había regalado su madre y se auscultó el corazón.

3

o primero que hay que hacer para ser feliz es imaginar que se es feliz.

Así se lo había enseñado la señora Ōno a su hijo, y así lo había aprendido ella de niña cuando pasaba largos días sola. Estaba tan convencida de ello que, si la gente la hubiera escuchado, se habría subido a un escenario, habría parado a los transeúntes por la calle y se lo habría explicado: «La felicidad suele empezar con una mentira, y si insistes en creer que es verdad, se convierte en verdad».

Eso decía.

—¿Y tú le creíste?

—¿No debería haberlo hecho? —Shūichi se rio.

Una semana después del viaje a Shibuya, Sayaka y Shūichi estaban sentados en el tren que los llevaba a Enoshima. Iban al acuario, porque Shūichi necesitaba ver de cerca a las medusas. Estaba ocupado con los dibujos en los que el pequeño protagonista del libro se zambullía en el mar para pescar.

«No he vuelto al acuario de Enoshima desde que era niña, te acompañaré encantada», se había ofrecido Sayaka. Así que a la mañana siguiente habían tomado el pequeño tren Enoden en Kamakura, y en la estación de Hase, donde los turistas se apeaban en tropel, Sayaka le había estrechado la mano. Shūichi la había acariciado lentamente con los mismos dedos con los que había estado dibujando toda la noche y lavando calcetines y ropa interior.

Mientras hablaba, Shūichi recordó la época en que había empezado a salir con su exmujer y la imprudencia que había cometido al contarle todo lo que se le pasaba por la cabeza. «No entiendo», repetía Aya y su voz delataba una especie de melancolía. Mirando el perfil de Sayaka, Shūichi se prometió a sí mismo que si aquella historia seguía adelante, no volvería a cometer ese error. Intentó cambiar de tema.

Pero Sayaka continuó:

—Me parece bien lo que decía tu madre —dijo pensando en voz alta—. De hecho, una clase en la escuela, una reunión de negocios, una reunión familiar... si uno consigue meterse en el papel de la persona entusiasta, todo toma naturalmente un cariz alegre.

—Así que supongo que ella tenía razón: la felicidad, la verdad, las mejores cosas, a menudo surgen de una mentira —comentó alegremente.

Shūichi la miró y pensó que Sayaka tenía los ojos más luminosos que había visto en su vida.

—A veces el amor también empieza con una mentira... y luego, a medida que se sigue adelante, se concretiza. ¿No? Como en el colegio: un chico se encapricha con una compañera por el mero hecho de que alguien le ha dicho que ella lo quiere.

—¿Te ha pasado eso alguna vez? —preguntó Shūichi en tono irónico.

—Sin parar —contestó Sayaka riéndose—. No lo habría admitido ni bajo tortura, pero sí.

Cuando llegaron a Enoshima, el sol ya estaba alto en el cielo. Caminaron por la estrecha calle salpicada de restaurantes y tiendas que conducía a la amplia avenida de la bahía de Sagami. Sayaka no pudo resistirse a una galleta gigante de arroz soplado y tuvo que comérsela deprisa, porque en el interior estaba prohibido consumir comida y bebidas.

Compraron la entrada y Shūichi dijo que le habría gustado que Kenta los hubiera acompañado. Desde que habían ido a Shibuya estaba más silencioso.

—Se ríe menos, mira al vacío. Estoy un poco preocupado…

—Está creciendo, quizá solo sea eso —sugirió Sayaka subiendo la escalera de color azul claro que llevaba a la entrada.

—Quién sabe —murmuró Shūichi, pensativo.

Mientras cruzaban el umbral, el corazón de Sayaka empezó a latir de forma distinta. Enseguida se dio cuenta. *¿Será posible?*, se preguntó por un instante y en el siguiente se sumergieron en la penumbra del acuario agarrados de la mano.

Alrededor de ellos solo había peces y niños.

El artículo que Sayaka había leído hacía dos días
en la biblioteca y que le hizo susurrar «¿Será posible?»
cuando los latidos de su corazón parecieron cambiar
al encontrarse al lado de Shūichi

V arios científicos de la Universidad de California han descubierto que los corazones de los enamorados laten al unísono cuando se sientan frente a frente y se miran a los ojos. Al enamorarse, el ritmo del corazón de las mujeres se adapta con mayor rapidez al de su pareja.

Una investigación más reciente de la Universidad de Illinois, coordinada por Brian Oglosky y publicada en la revista *Journal of Social and Personal Relationships*, ha confirmado que el ritmo cardíaco tiende a ajustarse al del amante, sobre todo en las parejas que llevan mucho tiempo juntas. Los resultados de la investigación, basada en una muestra de parejas de más de sesenta y cinco años —a las que se colocaron unos sensores que medían la frecuencia cardíaca y la distancia física que separaba a sus miembros en distintos momentos del día durante un periodo de dos semanas—, demostraron claramente que sus corazones se autorregulan.

Sintonizan entre ellos como en una danza.

Mientras observaba los tanques, escudriñaba el fondo marino en busca de cangrejos y estrellas de mar, entraba en la sala de las medusas y, por fin, se sentaba a dibujar, Shūichi tenía la clara impresión de que Shingo estaba allí.

Cuando soñaba con él, su hijo vivía aventuras marinas y el agua lo rodeaba en todo momento, como si se hubiera convertido en un pez. Shūichi estaba dibujando y, de repente, unos niños corrían hacia él, se mezclaban en la penumbra violácea de la habitación aplastando sus manos menudas y sus naricitas contra los cristales y llenando el aire con sus gritos. Entonces Shingo se escabullía entre las colas de los tiburones y las anguilas, se asomaba como un reflejo en la estela de las rayas y aparecía feliz hinchando las mejillas mientras subía a la superficie con las medusas. Shingo estaba en el océano, bajo las tablas de todos los surfistas, en todos los mares o lagos del globo terrestre, en los tanques de todos los acuarios del mundo; hasta se disolvía en el agua mineral del restaurante francés, en el vaso de té que Shūichi se bebía antes de irse a dormir. Una criatura sobrenatural, un niño-pez adorado, Shingo viviría para siempre.

Shūichi solo se abandonó a la conmoción cuando Sayaka se fue a ver a las nutrias. Estaba realmente contento y las páginas del cuaderno se fueron llenando una tras otra de medusas.

Tras pasar dos horas sumergidos en la penumbra de los tanques, salieron a la luz del sol. Se frotaron los ojos y se rieron a carcajadas. Volvieron a subir al tren y Sayaka le apretó de nuevo la mano. Apenas hablaron.

Cuando llegaron a Kamakura, eran poco más de las dos. Se despidieron rápidamente frente a la estación y, como sucedía cada vez, no se prometieron nada. Quién sabe, pensó Shūichi mientras emprendía el camino de vuelta a casa, quién sabe si justo allí, en esa incertidumbre, no radicaba el gran deseo de volver a verse.

Shūichi apretó el paso. Le preocupaba que Kenta hubiera salido ya del colegio y lo estuviera esperando.

Mientras los cuervos escudriñaban los contenedores de basura desde los tejados, Shūichi vio asomar la cabeza desgreñada y morena de Kenta en la curva. Se balanceaba hacia delante, como un pequeño autómata.

A Shūichi le pareció tan frágil que sintió miedo. Aquel niño parecía conceder a cualquiera el poder de cambiarlo: para bien o para mal, daba lo mismo.

—¡Eh! —le gritó cuando Kenta, que debía de haber subido varias veces hacia el Túnel de la Concubina, bajaba de nuevo de la montaña.

»Lo siento, me he dado toda la prisa posible. Estaba en Enoshima, en el acuario.

—¿Las medusas?

—Sí, las medusas.

—¿Ha ido bien la visita? —preguntó Kenta cortésmente.

—Muy bien.

Shūichi abrió la carpeta y hojeó el cuaderno lleno de medusas por todas partes. Las había esbozado a lápiz en poses muy diferentes.

—Esta me gusta —dijo Kenta alargando uno de sus finos dedos hasta tocar una pequeña e hinchada—. Parece un globo.

—¿Y tú? ¿Cómo te ha ido en el colegio?

—Dentro de poco tendremos vacaciones, este año me gustaría hacer algo estupendo para la investigación que debo preparar para la escuela, pero no sé si mis padres podrán viajar conmigo.

—¿Dónde te gustaría ir?

—No sé, he de pensarlo.

—¿Y el examen de los *kanji*? —preguntó Shūichi—. ¿No era hoy?

—Es mañana.

—En ese caso, vamos a estudiar enseguida. ¿Tienes hambre?

Mientras Shūichi preparaba las tortitas y las untaba con mermelada de fresas, Kenta repitió en un cuaderno el orden exacto de los trazos de los *kanji*. Se sentaron a la mesita y Shūichi se dedicó por completo al niño. Le explicó el origen de cada uno de ellos y juntos inventaron historias que ayudaran al pequeño a memorizar los ideogramas y las variaciones fonéticas de las combinaciones.

—¿No tienes nada que hacer hoy? —le preguntó Kenta.

—Esta semana ya he trabajado bastante —lo tranquilizó Shūichi, al igual que la noche anterior.

Kenta percibió su cansancio, pero no dijo nada. Cuando, sin embargo, Shūichi se quedó dormido en el sillón mientras aguardaba a que él terminara una página, no lo despertó. El niño lo miró en silencio desde la silla; notó en la cara del hombre, en la pose de abandono que no había visto hasta ese momento, algo que lo colmó con un sentimiento que no alcanzaba a comprender. Lo sentía crecer cada día, desde que habían ido juntos a Shibuya. Le habría gustado liberarse de ese pensamiento, despertar enseguida a Shūichi, contarle todo, pero el miedo lo venció. Shūichi odiaba las mentiras y lo más probable era que también lo odiara a él.

Kenta permaneció en la mesa, parado, con el lápiz suspendido en el aire. Con la otra mano apretó el bolsillo izquierdo, donde desde hacía dos años guardaba el secreto de su fortuna.

El niño bajó la mirada hacia el cuaderno y en ese instante supo que era tristeza lo que experimentaba. Una tristeza tan gigantesca que proyectaba una sombra en toda la Tierra.

Esa noche, horas después de que Kenta hubiera regresado a casa y se hubiera quedado dormido, Shūichi y Sayaka intercambiaron algunos mensajes. Gracias por la agradable mañana, dijo ella, gracias a ti, respondió él. Sayaka escribió que la conversación que habían tenido en el tren, bueno, que no había dejado de pensar en ella. Un día, escribió Sayaka, le contaría la historia de su tío, de la familia secreta que había tenido, de su primo, al que solo había visto de mayor, y de cómo su hermano Aoi había conocido a Mio, su cuñada. También ellos eran la prueba de que todo podía empezar con una mentira, lo único que importaba era hacia dónde se dirigía esta.

«Al final, da igual cómo empiezan las cosas», escribió Sayaka. «Lo único que marca la diferencia es la confianza: si crees en la felicidad lo suficiente como para imaginar que es cierta, tarde o temprano llegará».

Sonriendo ante ese pensamiento, se dieron las buenas noches y Shūichi se quedó dormido.

Durante la noche, Kenta tuvo fiebre alta.

DOKI DOKI

—¿Quién prefieres que esté en casa?

—Mi madre, porque nos gustan las mismas cosas, como los *manga* y las series de televisión. Mi padre no está casi nunca, pero cuando está es afectuoso. ¿Y tú?

—No lo sé. Me gustan los dos: mi madre hace todo por mí, me prepara las cosas que más me gustan y, además, me mima mucho; pero mi padre me enseña un montón de cosas y dibujamos juntos.

—¿Qué Pokémon prefieres?

—Mew, porque se vuelve invisible.

—Mi preferido es Pikachu, porque es amable con todos, incluso con los que no conoce.

—Tú también eres amable.

—Solo con quien conozco. Los demás me dan miedo.

—Yo tampoco consigo ser amable con quien me da miedo, prefiero huir o mirar hacia otro lado. La maestra de natación… a veces me asusta.

El niño pequeño se sintió feliz. Aceptaba la derrota siempre y cuando fuera el niño mayor quien se la infligiera. Además, el hecho de estar unidos en algo, de ser similares, aunque fuera en algo malo, hacía que ese algo le pareciera justo en cierta medida.

Habría hecho lo que fuera por parecerse al niño mayor.

Kenta cayó enfermo el lunes por la noche, y el jueves, al no verlo llegar por tercer día consecutivo, Shūichi fue a verlo a la pequeña casa donde vivía. Ya era primavera y el jardín estaba salpicado de tulipanes y dientes de león.

Una mujer le abrió la puerta y lo miró con aire inquisitivo. Shūichi se preguntó por un momento si se había equivocado de dirección, pero luego se apresuró a explicar quién era y preguntó por Kenta. La mujer era una voluntaria de la organización de asistencia familiar del ayuntamiento de Kamakura. Los padres de Kenta, le explicó, no podían ausentarse del trabajo y habían pedido ayuda para no dejar solo en casa a su hijo enfermo.

—Espero que no sea nada grave —comentó Shūichi.

—No es más que una simple gripe, pero la fiebre no baja —respondió pensativa la mujer—. Si quiere saludar a Kenta, puede volver esta noche, cuando la señora Ogawa esté en casa.

—Gracias —murmuró Shūichi e inclinándose se despidió de la mujer y de la primavera que había estallado en el jardín.

Durante los siguientes días, Shūichi sintió una infelicidad que hacía mucho tiempo que no experimentaba.

Le preocupaba la salud de Kenta, pero, sobre todo, le inquietaba su ausencia. Regresó a su casa y esa vez le llevó paquetes de fresas, tarros de mermelada de castañas, que el niño adoraba, libros ilustrados y postales; pero cada vez le decían que Kenta estaba durmiendo o que no le apetecía recibir visitas. Por casualidad, oyó al fondo su vocecita quebrada por la tos y un día tuvo la sensación de que el niño lo espiaba desde el pasillo mientras él y su madre intercambiaban las palabras de rigor.

Luego Kenta mejoró y volvió al colegio, pero siguió sin aparecer por las tardes. Shūichi se ensombreció, echaba de menos al niño y en su fuero interno confiaba en que su ausencia se debiera a que, debido a su enfermedad, hubiera encontrado una nueva armonía con sus padres. O a que hubiera aprendido a entablar amistad en la escuela y, de esta forma, hubiera acabado por ignorar a los dos niños que no le daban tregua. Se convenció a sí mismo de que había sido sustituido, con la repentina rapidez con la que los niños desarrollan estrategias de supervivencia.

En todo caso, quedaba su mutismo, la sensación palpable de que Kenta lo evitaba, ese clima diferente que —estaba seguro— se había generado tras el día que habían pasado en Shibuya. ¿Qué había ocurrido? ¿Qué lo había desconcertado? Su cabeza bullía con un sinfín de hipótesis que se apresuraba a detener por miedo a complicar las cosas. Le dolía, pero se quedaba paralizado ante la pregunta. Shūichi no se resignaba: ¿a qué se debía esa inesperada frialdad?

Cuando, una tarde, vio que Kenta primero aminoraba el paso y luego invertía el rumbo, Shūichi se sintió definitivamente turbado. Incluso se reprendió a sí mismo por haberse encariñado demasiado con el niño: había procurado no sentir emociones durante años, pero con él no lo había conseguido.

A la mañana siguiente, salió cuando aún era de noche. Tomó su tabla de surf y la cargó en la bicicleta. Bajó a la playa, el aire olía a primavera y frente a él solo vio el mar. La Tierra estaba deshabitada, parecía el primer día en el planeta.

Probablemente, pensó al cabo de unas horas mientras regresaba a casa, lo único que se podía hacer con Kenta era no hacer nada.

Esa tarde, al pasar por delante de los puestos de fruta, no compró fresas sino ciruelas.

Fue una suerte de rendición.

*La tarjeta que Kenta dibujó para Shūichi (donde aparecía
el oso Loretto dibujando) y que al final no le entregó*

Una noche, a mediados de abril, empezó a nevar. En las noticias hablaban sin parar del extraordinario acontecimiento: una perturbación había traído toda la nieve del año a las montañas de Tokio, el mar de Okhotsk, en Hokkaidō, se había vuelto a congelar y los cerezos recién florecidos estaban cubiertos de blanco.

En aquella noche surrealista, en la que la nieve no daba señales de dejar de caer, Shūichi se encontró con Sayaka.

La nieve había bloqueado los trenes entre Ōfuna y Zushi, y los pasos a nivel de Kamakura seguían sonando en vacío. Las sirenas parpadeaban y las barras permanecían inmóviles, bloqueando el tráfico y a las personas.

Sayaka y Shūichi habían coincidido por casualidad en el mismo punto de la ciudad, en la caseta de la policía de Ōmachi. Se habían reconocido entre la multitud que se encontraba atascada frente a las barras bajadas y la alarma luminosa. Se sonrieron mientras, a su alrededor, todos se arrebujaban en sus chaquetas ligeras y repetían las mismas preguntas: ¿cuándo van a despejar las vías del tren? ¿Por qué no nos dejan pasar entretanto?

—¿Qué haces aquí?

—Paseando, me gusta.

Sayaka conocía de memoria todos los cortes causados por el ferrocarril y desde niña le encantaba jugar con el azar, comprobar tras cuántas pisadas, antes o después de ella, se abría o cerraba el paso a nivel. Empezaba a contar cuando aún estaba lejos y se esforzaba por no acelerar ni frenar la andadura, por escrutar con honestidad su destino.

—De niña jugaba a eso con mi padre y mi hermano, al menos hasta que ocurrió el accidente. Un hombre fue arrollado por un tren a poca distancia de donde se encontraban, y desde entonces mi hermano Aoi se siente inquieto en los pasos a nivel. Nunca lo ha confesado, pero sé que es así. Es uno de esos que se afligen con buenas intenciones por la salvación del mundo, por el alma de sus conciudadanos —explicó sonriendo Sayaka.

Estaban de pie, uno al lado del otro, a pocos metros de la barra y de la alarma que parpadeaba entre la nieve que seguía cayendo.

—¿Sois muy diferentes?

—¿Mi hermano y yo? Tremendamente diferentes, pero coincidimos en lo esencial.

Un chico se acercó a la barra, esbozó una sonrisa dubitativa y la saltó. Cruzó los raíles y un tren, que estaba parado en las vías no muy lejos de allí, pitó a modo de reprimenda.

—¿Y tú? ¿Qué haces aquí? —preguntó Sayaka.

—Últimamente me cuesta conciliar el sueño, caminar por la noche me ayuda.

—¿Pensamientos?

Shūichi se encogió de hombros.

El reajuste llevó una buena media hora hasta que, por fin, el tren se empezó a deslizar rumbo a Zushi y la barra se levantó.

—¿Vamos a tomar algo?

Buscaron durante mucho tiempo, pero todos los locales de Kamakura parecían estar cerrados debido al mal clima.

Solo encontraron un diminuto restaurante de carne a la parrilla en una calle lateral de Komachi-dōri. El dueño vivía en una de las líneas obstruidas por la nieve y había renunciado a volver a casa.

El farolillo de papel permanecía encendido y lanzaba destellos de color escarlata en el blanco y negro de la calle.

Pidieron algo de beber y esperaron a que sus cuerpos fueran entrando en calor.

—Pareces triste, ¿qué ha pasado? —le preguntó Sayaka.

—Varias cosas…

—Empieza por una.

La camarera puso sobre la mesa las cervezas y los platitos de habas y cacahuetes hervidos.

—A veces —dijo Shūichi—, me imagino que vuelvo a la casa de mi infancia, la misma donde vivo ahora, solo que en otra época, hace dos o tres años. Lo hago con el único propósito de hablar con mi madre, que aún vive, y aclarar una cosa a la vez.

—¿Qué le dirías?

—Lo he pensado mucho. Creo que le diría sobre todo esto: que necesito desesperadamente saber que sufrí cuando era niño, que pasé unos momentos terribles, pero que los superé. Que, a pesar de todo, crecí.

Shūichi bajó la mirada y se frotó los nudillos.

—Verás, lo demás ya no me importa, ni siquiera estoy enfadado por las mentiras que me dijo.

La melancólica música de fondo contrastaba con la animación que reinaba en el club.

—Creo que tu madre mintió sobre tu pasado, que borró los recuerdos tristes y añadió otros alegres para asegurarte una especie de herencia feliz —comentó Sayaka con dulzura—. Ya sabes, como las provisiones que se hacen cuando emprendes un largo viaje, que metes en la mochila y vas consumiendo poco a poco.

—Sí, estoy seguro, pero entiende que saber que fui feliz en el pasado no me sirve para nada. Lo que, en cambio, me ayudaría, lo único que podría ayudarme a estar mejor, sería saber que soy capaz de salir de un momento así, aunque solo sea porque ya lo hice de niño.

Shūichi quería que le devolvieran la infancia, porque para él ser niño significaba sentir miedo, desesperarse por completo, sin esperanza, e, inmediatamente después, sonreír e ir corriendo a jugar con la herida aún abierta.

—Las decepciones amorosas, los exámenes que suspendí, los amigos que me decepcionaron, me bastaría saber que viví desconsolado durante un periodo, que padecí algo triste, como les ocurre a los adolescentes. No recuerdo nada y lo poco que recuerdo es muy confuso. En cualquier caso, me acuerdo de que intentaba protegerme de la tristeza, igual que mis coetáneos protegían sus enamoramientos. —Shūichi se rio.

Un grupo de jóvenes entró en el restaurante. La nieve parecía caer con alegría, contagiando su buen humor a la gente. Los miraron mientras se sacudían de encima el agua y tomaban asiento charlando alrededor de la barra. Poco después, el olor a comida invadió el local.

—Yo no tengo hijos —murmuró Sayaka—. No lo digo para justificarme…, pero creo que convertirse en padre es embarcarse en una especie de naufragio anunciado. Si no son las olas, es otra cosa, el viento, la gente que te encuentras por casualidad, el mar embravecido. Todo me parece tan complicado que, por mucho que lo intentes, por cuidadoso que seas, un día acabas en el agua de todas formas.

—Un naufragio… —Shūichi sonrió.

—Tu libro…

—¿Sabes? El editor no estaba muy de acuerdo. En realidad, mi objetivo era deshacerme de todos los personajes y estar solo durante cierto tiempo.

Sayaka soltó una carcajada.

—Qué risa, eres todo lo contrario de lo que se espera de un ilustrador de libros infantiles.

Al fondo, la algarabía del grupo se mezclaba con la suave música que la dueña iba eligiendo.

—Es que los adultos idealizan a los niños. Solo los imaginamos pequeños, buenos y elementales. En cambio, los niños son mucho más complicados y melancólicos de lo que pensamos los adultos. Se afligen, incluso se enfrentan al infierno, con la única diferencia de que tienen menos herramientas que los adultos para combatir. Y los adultos no aceptamos las herramientas, incluso prodigiosas, que tienen, como la irracionalidad, la imaginación desbocada, la capacidad de reírse de las cosas más tontas y de repetir un chiste sin parar, unas herramientas que podrían aventajarlos. Si te fijas, a los niños solo se los toma en serio cuando son racionales, claros, cuando se explican bien… en definitiva, cuando no son niños.

Shūichi se preguntaba a dónde iría a parar aquella charla. A veces hablaba sin saber muy bien cuál era su destino.

—En cambio, los niños sufren, solo que muchas veces no saben por qué, no saben expresarlo. Y, aunque lo digan, no sienten que sea verdad.

Shingo no había sido un niño más triste que los demás, si acaso más desaprensivo, aunque en ese instante, echando la vista atrás, Shūichi reconocía que cada momento de sufrimiento que su hijo había experimentado le había parecido inaceptable. Pensó en Kenta: ¿por qué se comportaba así? ¿Qué podría haberlo disgustado?

Por su mente pasaron en tropel todo tipo de teorías, pero volvió a desecharlas. Se dijo a sí mismo, como solía hacer en los momentos de mayor confusión, que tomándoselas en serio y profundizando una a una en ellas solo conseguiría magnificar el problema.

—Los niños son un misterio para mí. Yo también los miro, pero no sé muy bien cómo hablarles, cómo jugar con ellos. Creo que mi hermano y su mujer están intentando tener un hijo. No niego que me asusta un poco la idea de tener uno en casa algún día.

—Aun así, enseguida simpatizaste con Kenta —replicó Shūichi—. En realidad, solo hay que respetar su forma diferente de ser. Los adultos suelen considerar a la infancia como una enfermedad: tarde o temprano pasa, pensamos. Aya también lo decía; no la culpo, de hecho creo que era una madre maravillosa, a pesar de que pensara también que la infancia era una enfermedad. Como todo el mundo, creía que algún día la criatura a menudo incomprensible y caprichosa que era Shingo se curaría: que se daría cuenta de los peligros y del paso del tiempo, que aprendería a habitar el mundo con más lógica, que bajaría aún más la voz al hablar y se encantaría menos con las cosas.

Shūichi recordó los superpoderes que Shingo estaba convencido de poseer. Lo mucho que se habían reído de ellos con Aya.

—Nunca he pensado en la infancia como una enfermedad...

—De hecho, no lo es, pero los adultos nos decimos con alivio que tarde o temprano pasará, así que acabamos creyendo que no vale la pena esforzarse por comprenderla. Como mucho, convivimos con ella con mayor o menor disgusto.

—En ese caso, ¿qué se supone que hay que hacer?

—Está mal. El razonamiento es incorrecto. El niño es exactamente eso, y sí, desaparecerá; su cerebro nunca volverá a soñar de esa manera ni a expresar la felicidad con ese entusiasmo ni a tener miedo hasta el punto de quedarse igual de inmóvil ante las peores y las mejores cosas del mundo. En cualquier caso, la infancia no es la edad de la inconsciencia. No lo es. No es menos importante que lo que viene después.

Shūichi lo sabía y había buscado todas las oportunidades posibles para estar con Shingo. Se inspiraba en él para sus historias, robaba sus ideas. «¿Me las regalas?», le preguntaba, y Shingo se reía, cerraba los ojos como si el sol lo estuviera apuntando y le pedía a cambio que lo llevara a la espalda o que le comprara chupa-chups o caramelos de goma.

—A mi hermano también le encantaban los chupa-chups cuando era pequeño —exclamó Sayaka—. A decir verdad, en su caso se ha mantenido la parte infantil, porque sigue chupándolos a pesar de tener casi cuarenta años. Entre nosotros, es francamente vergonzoso en el trabajo.

Shūichi se rio imaginándose a un enterrador con una piruleta en la boca.

—Quizá sea su forma de recordar la felicidad de la infancia. Nuestra madre lo mimaba mucho.

—Con todo, a menudo los niños no son felices. Los adultos les imponen la felicidad. No recuerdan lo duro que fue o, en todo caso, les parece mucho más fácil que aquello en lo que se ha convertido su vida. Confunden por completo la perspectiva, olvidan las proporciones, idealizan por el mero hecho de que ya no lo poseen.

—Pero Kenta ahora es más feliz, Shūichi. Sé que estabas hablando de otra cosa, pero eso tiene su importancia.

Shūichi entrecerró los ojos. Le ardían, empezaba a sentir todo el cansancio del día.

—Nunca te lo he dicho —prosiguió Sayaka—, pero yo ya había visto a Kenta por la calle en Kamakura. Por aquí te encuentras con muchos niños que vuelven solos del colegio, recuerdo que pensé que ese chico tenía una de las caras más tristes del mundo. No era el único, por supuesto, pero me llamó la atención la forma en que jugaba solo. Tardé en reconocerlo, porque después, cuando lo vi contigo, la cara le había cambiado por completo.

Shūichi se conmovió. Jamás había pensado realmente en la posibilidad de mejorar los días de Kenta, pero había sucedido y saltaba a la vista el bien que su amistad procuraba a los dos.

—La infancia puede ser una época terrible —susurró.

—Pero ese no fue tu caso —replicó Sayaka, levantando la cara hacia la suya—. Tampoco es el suyo.

Le agarró las manos, como había hecho hacía unas semanas en el tren.

—Estás creando una parte de la infancia de Kenta. Es cierto que no es tu hijo y es doloroso que no tuvieras la oportunidad de hacerlo con Shingo, pero ese niño te adoptó y tú lo adoptaste a él. Y eso me parece hermoso, conmovedor.

—Kenta tiene dos padres que lo quieren.

—Estoy segura, pero al mismo tiempo creo que los padres no pueden hacerlo todo y, personalmente, estaría muy agradecida a cualquiera que hiciera feliz a mi hijo, sobre todo si yo no pudiera.

—No lo sé —murmuró Shūichi—. Hace semanas que no lo veo. Algo cambió después de Shibuya. Para empezar, se volvió más callado…

—Sí, recuerdo que me lo dijiste.

—Eso es, luego tuvo fiebre y desde entonces ha desaparecido.

—¿Desaparecido?

—Fui a visitarlo varias veces, pero nunca llegué a verlo, y no ha vuelto a venir a mi casa después de clase ni los fines de semana.

Sayaka frunció el ceño.

—Qué raro, ¿has intentado hablar con él?

—¿Cómo? Hasta me evita por la calle.

—Seguro que ha pasado algo. ¡Habla con él, Shūichi! ¡No seas como él! Ve a verlo, ayúdalo a sacarse esa espina. Estoy segura de que en este momento se siente tan desgraciado como tú.

—No me siento capaz.

—Shūichi, tú eres el adulto. Enséñale a solucionar las cosas, en lugar de eludirlas.

Sayaka le acarició suavemente los nudillos.

—Y tú tampoco las eludas.

Varios de los superpoderes que Shingo
estaba convencido de poseer

A los tres años:

(a) lograr que su madre se diera la vuelta metiéndose
   los dedos índices en las fosas nasales;
(b) hacer desaparecer los puntitos negros de la oscuridad que se escondían en la bañera riéndose a
   carcajadas.

A los cuatro años:

(a) entender el lenguaje secreto de los cuervos mirándolos con firmeza;
(b) pensar que el monstruo Calanda estaba a su lado
   mientras abría las puertas por la noche y ahuyentar a la Oscuridad.

A los seis años:

(a) llamar a su padre con el pensamiento, dondequiera
   que estuviese, a la vez que estornudaba;
(b) acelerar el tiempo corriendo;
(c) en particular, correr para que el verano llegara
   enseguida.

Aquella noche, Shūichi y Sayaka durmieron juntos por primera vez.

Salieron del restaurante pasada la medianoche y, sin decir nada, él le agarró la mano con fuerza, se la metió en el bolsillo y la guio con él bajo la nieve. Se besaron a la entrada del Túnel de la Concubina, fuera arreciaba la noche más fría de la primavera.

Entraron en casa y, mientras la desnudaba en silencio y sentía los dedos de Sayaka sobre la herida que le partía en dos el pecho, y las yemas de sus dedos deslizándose por su trinchera, Shūichi pensó que aquel era el tipo de amor que tal vez no te reconciliaba con la vida, pero que, al menos temporalmente, le daba sentido.

Fue lento y torpe; a ambos los frenaba el miedo a anticiparse a los movimientos del otro. Parecían dos niños que se hubieran adentrado en el bosque buscando luciérnagas y que, sorprendidos por la noche, se hubieran asustado.

Se abrazaron con fuerza, aferrándose a ese algo que intuían en el otro, pero que ninguno de los dos sabía que anidaba en su interior.

Después de hacer el amor, todavía envueltos en las sábanas, Sayaka pegó una oreja al corazón de Shūichi. Él hizo amago de decir algo, pero ella lo hizo callar:

—Déjame oír. —Y al cabo de unos segundos, añadió—: ¿Sabes que hay un lugar donde graban los latidos del corazón?

—¿En qué sentido?

—Es una especie de biblioteca donde se conserva el sonido del corazón de la gente. Es un archivo y, al mismo tiempo, una obra de arte. A decir verdad, es más complicado de lo que te estoy diciendo, pero, en esencia, ese es el sentido

—dijo Sayaka—. Dada tu obsesión por el corazón, creo que podría gustarte.

—Me parece que el doctor Fujita, mi cardiólogo, me habló una vez de él…, pero no lo recuerdo bien. ¿Dónde está?

—En una pequeña isla de la prefectura de Kagawa, en el mar Interior de Japón. Al parecer, el artista que lo diseñó recogió los latidos de decenas de miles de personas de todo el mundo.

—¿Y cómo lo hizo? —preguntó sorprendido Shūichi.

—Durante sus exposiciones, la gente podía grabar sus latidos y escuchar los de los demás. Hoy en día, Japón es el único lugar donde se pueden escuchar todos.

—Es fascinante… —murmuró él, y en ese momento volvieron a su mente las palabras con las que el doctor Fujita le había descrito un museo único en el mundo donde era posible escuchar los latidos del corazón de desconocidos, un diminuto edificio situado en un remoto lugar del campo. ¿Sería ese?

—A mí me parece maravilloso —dijo Sayaka mientras se incorporaba para sentarse—. ¿Te gustaría ir?

—Tal vez… bueno, creo que me impresionaría un poco.

—¡Ah, Teshima! Así es como se llama, Teshima.

Shūichi se sentó también. Se llevó una mano al pelo, la habitación olía a la piel de Sayaka. Era un aroma que a esas alturas sería capaz de reconocer en cualquier parte, como el de la miel en un campo o el de las ciruelas en mayo.

Por la luz que se filtraba por la ventana, Sayaka se dio cuenta de que había dejado de nevar.

—¿Dónde guardas el estetoscopio? —preguntó de buenas a primeras.

Shūichi se inclinó y abrió el cajón de la mesilla de noche.

—En realidad se llama «fonendoscopio», pero yo también prefiero decir «estetoscopio», es más bonito.

Sayaka sonrió.

—¿Me permites?

Se lo ajustó al cuello con ademán seguro. Parecía un collar: la diadema, el tubo, el diafragma, que diseccionaba en varias partes el pecho y la barriga. Escrutó la habitación, como si no supiera sobre dónde poner la placa.

—Durante cierto tiempo, Shingo tomaba el pulso a todas las cosas —dijo Shūichi—. Qué sé yo, la mesa, las ventanas, los tenedores.

Sayaka estalló en carcajadas.

—¡De verdad! Era una obsesión, creo que lo hacía para homenajear el interés que yo mostraba por su corazón. Lo escuchaba con el mío todas las noches.

Sayaka puso la membrana en el pecho. Entregó las olivas para los oídos a Shūichi:

—Una vez me dijiste que nunca me habías tomado el pulso y que eso significaba que no nos conocíamos tan bien.

—Es cierto.

—Tómamelo entonces y dime cómo suena.

—¿En qué idioma?

—En todos los que conozcas.

El sonido de los latidos del corazón en todos los idiomas
que sabía Shūichi

En afrikáans suena *doef doef*, en albanés *pam-pam*, *bam-bam*, en árabe *tum tum*. En vasco tiene tantas variaciones como *bun-bun-bun*, *danba-danba* o *pal-pal*, cuando late fuerte hace *punpa* y nervioso *panp-panp*.

—¡En japonés es *doki doki* cuando estamos excitados! Además, *toku toku* cuando los latidos son pausados y *doku doku* cuando el sonido se intensifica y el corazón se tensa.

—Pero el sonido neutro del latido del corazón es *dokun dokun*.

—Es cierto…

—Por no hablar del sonido del corazón cuando se encoge por la emoción…

—*Kyun*, pero también *dokin* o *dokkun dokkun*.

—Son innumerables.

—Vamos, sigue, dímelo en otros idiomas.

—Veamos, en búlgaro hace *tup tup*; cuando está tranquilo, en chino mandarín el corazón suena *tong-tong* y cuando está excitado, *peng peng*; en holandés *boenk boenk*, *boem boem*, *klop klop* y en danés… *dunk dunk*, *bank bank*. En Estonia se oye *tuks tuks*, en Italia *tu tump*. Los franceses dicen *boum boum*, los alemanes *ba-dumm*, *bumm bumm*, *poch poch*. Para los griegos, la voz del corazón es *duk-duk*, para los coreanos *dugeun dugeun* y *kung kung*. En hebreo es *bum-búm* y en tailandés *toop toop*.

—Caramba, cuántos hay…

—Shingo y yo los memorizamos casi todos.

—¿En español?

—*Bum bum bum, tucutún tucutún.*

—¿Y en ruso?

—*Tuk-tuk*, mientras que en polaco es *bum bum, bu-bum* y en portugués *tun-tum*. Algunos son muy parecidos, pero la pronunciación es un poco distinta en cada uno.

—Si lo piensas, es muy dulce.

—¿Qué?

—Todos lo llevamos en el pecho, sin excluir a nadie, pero cada uno lo oye de forma diferente.

TERCERA PARTE

どきどき *doki doki*

«Solo los poetas, como los niños, saben decir las verdades que pronto aprendemos a silenciar».

MAURICE PINGUET

TESHIMA, INVIERNO

豊島　冬

L as estaciones se van nada más iniciar.
Nunca son del todo veranos u otoños, primaveras o
inviernos. Más bien son aproximaciones, intentos de
adecuarse a lo que se dice de ellas. Entonces el cielo se rompe, no acaba de saber qué luz albergar, qué viento soplar.

El doctor Fujita mira el mar de Teshima, la fina playa
donde está sentado, y se pregunta si anochecerá pronto. Es
invierno, pero ¿qué invierno? ¿No debería hacer más frío?

El hombre y su hijo amontonan la arena, hacen montañas
que decoran con las caracolas y las piedras que han recogido
en el bosque cercano. De vez en cuando, el padre se frota
instintivamente las manos para sacudirse los granos.

—¿Dónde está mamá?

—Con Hana, allá, en la colina. Hay otra instalación, ¿quieres ir?

El niño niega con un ademán y el doctor Fujita se agacha
para recoger otra caracola.

Alguien le habló hace unos meses de los Archivos del
Corazón y él, que hacía tiempo que quería llevar a su familia de viaje, esperó a que llegara un fin de semana sin horas
extraordinarias y reservó el vuelo.

Su mujer, Yui, le preguntó en voz baja si merecía la pena
ir tan lejos para una simple excursión. Él la tranquilizó di-
ciéndole que no era necesario hacer la maleta: «Solo serán
dos días, ese lugar me intriga. Saldremos el viernes por la

tarde y regresaremos el lunes al amanecer, así que Hana y Yūto no perderán un solo día de clase».

Los niños se mostraron entusiasmados desde el principio. Les fascinaba la idea de escuchar miles de corazones, aunque, en realidad, primaba el proyecto de viajar, la sensación abstracta que sientes cuando te imaginas subiendo a un avión o a un barco, durmiendo en una habitación de hotel.

Como era de esperar, su hijo menor se distrajo en el museo de Teshima. El sol lo incitaba a salir; tras visitar la primera sala de los archivos, Yūto tiró de la manga de su abrigo y le dijo que quería marcharse: «No lo entiendo, me aburro».

El doctor Fujita está aprendiendo en estos años a conocer a su hijo: es impaciente, sumamente delicado, monta unas escenas espantosas cuando está enfermo, responde «¡Tú también!» cuando lo regañan por algo, tira cosas. ¿Qué ha sido del niño que jugaba a que lo tomaran en brazos inclinando la cabeza hacia detrás a la vez que se reía, el que se acurrucaba en su espalda cuando él le leía libros ilustrados por la noche a la luz de una linterna?

—Déjalo salir, Takeshi —le susurró su mujer al oído—. Dile solo que te prometa que volverá para grabar los latidos de su corazón. Yo lo acompañaré, no te preocupes.

El doctor Fujita los observaba a través del gran ventanal que estaba situado detrás del puesto de escucha, un amplio rectángulo que daba exactamente al lugar que Yūto había elegido para correr y jugar a escapar de las olas.

Mientras escuchaba los corazones de una docena de desconocidos, al médico le divertía darse cuenta de que, debido a su trabajo, detectaba anomalías aquí y allá, hacía diagnósticos, distinguía los corazones viejos de los jóvenes y los que fallaban.

Al terminar el recorrido con Hana, su hija mayor, el doctor Fujita llamó al niño y a su mujer para que entraran. Todos grabaron sus latidos.

En ese momento, Yui le dijo que también quería visitar el Bosque de los Susurros, la otra instalación creada por el mismo artista en la colina que se encontraba junto al monte Danzan, a una hora de camino.

—Está lleno de campanitas de viento.

Colgando de cada una había una pequeña tira de papel, como uno de los *tanzaku* que se atan a las ramitas de bambú durante Tanabata, el festival de las estrellas, en la noche de julio en que se cumplen los deseos.

—Puedes escribir el nombre de un ser querido y dejarlo vibrar en el viento para siempre —añade Hana asomándose por detrás del hombro de Yui.

Aún es una niña, pero para su padre ya ha vivido una existencia, le ha puesto punto final y ha renacido. Ahora está al principio de la segunda. Algunas tardes, acurrucados en el sofá, Yui y su marido coinciden en que Hana es, quizá, la más sabia de la familia.

—Podríamos escribir el nombre de Sachiko, de las abuelas y de mamá.

Cuando Hana dice «mamá», se refiere a la primera esposa del doctor Fujita, Akiko, su madre biológica, que falleció hace ya muchos años. Sachiko es, en cambio, la primera hija de Yui, que fue arrastrada por el tsunami de Tōhōku en 2011.

Así pues, la suya es una segunda familia profundamente vinculada al recuerdo de la primera y de todos los lazos que permanecen en el interior de las personas incluso cuando un ser querido ha dejado de existir. La muerte, dice a veces Hana, no es un buen motivo para creer en la ausencia de las personas.

Desde que era niña, a Hana le encanta todo lo que celebra la memoria de los difuntos: las velas en las iglesias occidentales, las oraciones durante el festival de los muertos o los ritos del Higan en Japón. Con el pasar del tiempo ha ido descubriendo el poder de escribir cartas sin destinatario y enviarlas por correo, de peregrinar al Teléfono del Viento en Iwate y hacer largas llamadas telefónicas a su madre.

—Claro, id. Yūto no creo que quiera, se cansará y con él no disfrutarás de la visita. Me quedaré en la playa con él —dice el doctor Fujita—. Te veré más tarde en el hotel, tómate tu tiempo.

Una hora después, Yui y Hana están en el Bosque de los Susurros, estrechadas en un abrazo.

Todo a su alrededor resuena con el agradable tintineo del viento y el susurro de los nombres. Leen algunos, escriben otros. Entretanto, el cielo cambia de color.

Se quedan hasta que el vigilante les dice que se ha acabado el tiempo. Caminan hacia el hotel, en las inmediaciones del puerto.

Van de la mano, no están tristes. Tal vez se lo parezcan a los extraños cuando se enteran de sus duelos, pero se sienten tranquilas. También el doctor Fujita, que rara vez habla de su vida privada. Para ellos, las personas desaparecidas son un lugar al que regresar y la nostalgia es un sentimiento con el que están familiarizados. Es como acurrucarse frente al fuego después de un chaparrón y esperar a secarse del todo, sabiendo que siempre quedará una pequeña mancha de humedad.

1

Shūichi estaba impaciente. Hiciera lo que hiciera, esos días quería hacer más. Dondequiera que estuviera, deseaba estar en otro lugar.

Constantemente atrapado entre la realidad y la ficción, se sumergía en las ilustraciones de sus libros con el único propósito de desaparecer. Se proyectaba por completo en los paisajes que dibujaba y los hacía tanto más intrincados cuanto más se imaginaba escondido en una espesura, en el interior de un detalle descuidado de una casa. Ponía asideros en las paredes, imaginando pasadizos secretos entre las habitaciones. Nadie, ni siquiera el lector más atento, iba a ser capaz de descubrirlos.

Shūichi pensaba en Kenta, se preguntaba qué estaría haciendo, qué comería a la hora de la merienda, qué *kanji* estaría memorizando.

Lo echaba de menos y reconocía que Sayaka tenía razón: era necesario abrir el camino de vuelta, afrontar las cosas. Entre otras cuestiones porque, a fuerza de esperar, estas no dejaban de cambiar.

«¿Cómo se atrapa a un pez-bebé que se ha extraviado? ¿Cómo se le convence para que vuelva?».

Cuando, por fin, se decidió, Shūichi dejó de trabajar por completo: rechazó la portada de una revista, pospuso la entrega de un cartel y suspendió la respuesta sobre la exposición anual.

Tardó tres días e incluso se olvidó de sacar la basura y de ponerse el pijama. A veces iba a la cocina, bebía zumo de naranja y engullía los bombones que pescaba en la despensa.

Una tarde, tras varios días sin saber nada de él, Sayaka subió a la montaña y se dirigió hacia su casa; se coló por la verja, entró en el jardín y se paró frente a la ventana del salón. Por ella salía una burbuja de luz: Shūichi estaba en el centro de la habitación, inclinado sobre la mesa y concentrado en dibujar. La luz también había vuelto a su cara, a sus ojos concentrados en el papel.

Si alguna vez le hubieran hecho esa pregunta, Sayaka habría respondido que fue precisamente la misteriosa concentración de Shūichi la que la enamoró: parecía contener la respiración mientras vivía, existir solo en apnea. Shūichi hablaba, caminaba y se reía, pero al hacerlo faltaba una parte de él que se encontraba en otro sitio, en un lugar de la mente que solo él conocía.

Sin llamar a la puerta, Sayaka retrocedió dando pequeños pasos hacia la verja y salió a la calle. Al alzar la vista, se dio cuenta de que la tarde se había desvanecido. Miró sin prisa las estrellas, que se arracimaban en el cielo nocturno.

Atravesó el Túnel de la Concubina y bajó por la ladera opuesta de la montaña.

Shūichi hojeó los libros escolares de Kenta durante esos días. Creó un dibujo y una historia para cada carácter que el niño debía haber aprendido al final del año. Hizo siete *flip-books* con diez *kanji* cada uno; cada ideograma se formaba y se deshacía entre las páginas cuando estas se pasaban deprisa. También esbozó un pequeño gato en la parte superior derecha, que corría con el *kanji*, se paraba a lamerse la pata y bostezaba.

Disfrutó tanto haciéndolo que en cierto momento se preguntó por qué no se le habría ocurrido a nadie antes que a él.

Después empaquetó todo, inventó un papel de regalo y a la tarde siguiente se quedó esperando en el puente Tōshoji. Se sentó en el banco del pequeño parque recién renovado que había justo al lado. En los últimos meses, Shūichi y Kenta habían seguido las obras con curiosidad: habían observado a los expertos tocados con el casco blanco, la regla, los planos; habían estudiado la evolución de las vallas, la sustitución de los bancos. También habían visto cómo un gato se apoderaba del tronco cortado de un árbol seco, y ese día lo habían llamado el «parque del tronco de gato».

Cuando, a las dos en punto, Shūichi vio a Kenta de pie en el puente, arrastrando los pies y con la mochila semejante a un enorme caparazón en la espalda, se quedó boquiabierto. Parecía haber crecido. Se levantó y, antes de que el niño pudiera reaccionar, le entregó el paquete con una sonrisa confiada.

Durante los días siguientes, Shūichi dio nuevos pasos para acercarse a él. Lo interceptó mientras se dirigía al colegio, le advirtió de que esa tarde llovería y dejó en las escaleras de su pequeña casa una enciclopedia Pokémon actualizada que había recibido anticipadamente de un amigo editor.

Siguió los consejos de Sayaka, que consistían sobre todo en transmitir al niño todo su afecto: a pesar de que algo había cambiado para Kenta, seguía siendo necesario que pensara que Shūichi siempre estaría dispuesto a volver a su lado.

A veces, en la mente de Shūichi volvía a aparecer la cara de horror que había puesto Aya cuando le había confesado que no comprendía su vida; pero —había pensado entonces— intentar comprender era una acción sobrevalorada. Más bien, para consumir un día entero era necesario inventarse la necesidad de un papel especial, el capricho de una fruta fuera de temporada, algo difícil de recuperar. Sin alguna necesidad, los días eran infinitos.

Con todo, Shūichi descubrió atónito que, respecto a hacía dos años, ya no le asustaba tanto sufrir. De alguna manera, había entendido que el amor, el que funcionaba, valía sobre todo en primera persona.

—Lo que cuenta es querer, no que nos quieran.

Gracias a la frase que su madre repetía a menudo cuando era niño y que a saber por qué en ese momento le había vuelto de forma inesperada a la mente, Shūichi había acabado por convencerse de que una buena infancia significaba en sustancia ser querido hasta tal punto y con tal bendita abundancia que luego uno llegara a ser capaz de adoptar un día la posición inversa, es decir, la del que quiere.

Más tarde, una noche, lo llamaron a casa desde un número desconocido. Eran las ocho.

—Buenas noches, Maeda-san, soy la madre de Kenta.

—Buenas noches, ¿cómo está?

—Por desgracia, es un momento complicado…

Sin más preámbulo, la señora Ogawa le explicó que su suegra, que vivía en Fukushima, había sufrido un infarto y que ella y su marido tenían que marcharse inmediatamente. Aparte de la familia de su hijo, la anciana no tenía a nadie en quien confiar. Por la voz tensa y ya agotada, Shūichi intuyó que la mujer habría preferido no tener que ir.

—¿Puedo ayudar en algo?

—Es muy amable por su parte preguntarlo.

—¿Quiere que me quede con Kenta hasta que regresen? Así no tendrá que perder días de clase… —se adelantó Shūichi—. Lo haré con mucho gusto.

—Gracias, no sabe qué alivio siento en este momento. Era justo lo que quería rogarle que hiciera. Desafortunadamente, a esta hora es imposible avisar a la organización de asistencia familiar de Kamakura, y me temo que será difícil conseguir la ayuda de alguien con tan poca antelación. Por desgracia, mi hijo no tiene buenos amigos en el colegio; de lo contrario, no lo habría molestado...

—Me alegro de que lo haya hecho, de verdad.

—Además, Kenta se quedó a dormir en casa de la señora Ōno varias veces —dijo la mujer, cuya voz sonaba ya más relajada—. Conocer la casa lo tranquiliza.

Shūichi se sorprendió de sus palabras, pero no dijo nada.

—Verá, Maeda-san, creo que Kenta no simpatiza mucho con la señora de la organización, la que lo cuidó cuando estuvo enfermo en invierno. —Se concedió una carcajada—. Por lo visto él le hizo varias jugarretas y dejó exhausta a la pobre mujer.

Shūichi se rio con ella. Kenta le había contado las travesuras que le había hecho a las niñeras en el pasado. La peor, en la escala de Shūichi, había sido robar las tres últimas páginas de un *thriller* que una de ellas estaba leyendo; la más inocente, por otra parte, había sido esconderle tan bien los zapatos a otra que la mujer había tenido que pedir prestadas a su madre un par de zapatillas para llegar a casa. Recordaba haber sido testigo de un diálogo surrealista en la calle con una señora que lo había cuidado en una ocasión: con voz melancólica, la anciana se había inclinado para preguntarle al niño: «¿Sabes cómo me llamo?», y él le había respondido impasible: «¿Has olvidado hasta tu nombre?».

Al principio, ese aspecto del carácter de Kenta lo había sorprendido mucho, después le había divertido enormemente. En especial, recordaba la impresión que le había causado el semblante serio del niño cuando le había preguntado la razón de aquella prolongada antipatía y él le había contestado: «Porque fingen quererme y no me quieren en absoluto».

En la mente de Shūichi, ese había sido el momento en que la criatura tímida y apocada que Kenta le había parecido en un primer momento había acabado de quitarse de encima todo lo que había de genérico en él y se había convertido, por fin, en el niño de ocho años que tenía delante, el que le robaba en el garaje, el que escogía cualquier postre que tuviera fresas en el envase, en el incómodo, dolido y hasta grosero, al que había aprendido a querer. Del «niño» en general, ya no quedaba nada.

—¿Necesita que lo recoja o piensan traerlo ustedes? —preguntó Shūichi.

—Si le parece bien, pasaremos como mucho dentro de una hora.

—Perfecto, voy a preparar la habitación.

Tan pronto como la conversación terminó, Shūichi no fue a hacer la cama para Kenta como había dicho, sino que se volvió hacia el pasillo y se encaminó hacia su dormitorio.

Acompañado por los rápidos y alegres latidos de su corazón, sacó las fotografías familiares. Necesitaba desempolvarlas, sustituir un par de ellas, imaginar la ubicación más adecuada.

Shūichi las había encontrado por casualidad hacía unos días, envueltas en un paño y bajo la cama de su madre. Ingenuamente, en su confusa forma de considerar el dolor, la mujer las había escondido para evitar que el hijo, cuando iba a verla, pudiera sufrir al ver las imágenes de Shingo.

Shūichi se las había llevado a su habitación: estaba decidido a restituirlas a la casa. Incapaz de confesárselo a sí mismo, porque aún temía la fragilidad, debía reconocer que ese valor se debía en buena medida a la evolución que había experimentado en los últimos meses, a la amistad de Kenta, a la compañía de Sayaka y a la ligereza que parecía haber vuelto inesperadamente a su vida.

Las pondría en el salón, a la vista de todos.

Aún no, pero pronto, se dijo, y con la punta de un dedo acarició el rostro de Shingo, luego el de sus padres, el de su abuelo, transformado por la guerra, el de Aya y, por último, el de él mismo de niño.

Se quitó el mono, se puso unos vaqueros y una camiseta, sacó unas sábanas y unas toallas limpias del armario y fue a hacer la cama de Kenta.

La página de El libro de la almohada *de Sei Shōnagon*
que Sayaka leyó por casualidad la noche en que vio
a Shūichi por la ventana

29

Cosas que hacen latir el corazón

«Criar un gorrión. Pasar por delante de alguien que está jugando con un niño. Echarse sobre unos cojines después de haber quemado incienso precioso. Mirarse en un espejo chino de plata ligeramente ennegrecido. Un joven espléndido que, tras apearse de la carroza, da órdenes delante de la puerta a los criados que se inclinan ante él con reverencia. Lavarse la cabeza, pintarse y ponerse vestidos de seda perfumados con incienso; aunque nadie nos vea, nuestros corazones se regocijan ante tal situación de sosiego y armonía. Las noches en que se espera a alguien; sobre todo, cuando, al oír caer fragorosamente la lluvia de forma repentina o el susurro acariciador del viento, uno se estremece al pensar que ha llegado el ser querido».

—¿Cómo va? —preguntó Shūichi a Kenta nada más entrar en casa.

La señora Ogawa había abrazado con fuerza a su hijo en la puerta y se había despedido de él conmovida mientras el coche se alejaba.

—Bien.

—Lo siento por tu abuela, espero que se recupere pronto.

—La abuela es vieja…, pero es fuerte.

—Eso es importante. ¿Tienes hambre?

—Un poco.

—¿Te apetece hacer algo antes de cenar?

—¿Como qué?

—En casa tenemos toda la colección de películas del estudio Ghibli.

—Lo sé.

—¿Las veías con la señora Ōno?

—A veces, cuando sentía nostalgia.

—¿Nostalgia de qué?

—De cuando había niños en casa.

—¿Decía eso?

—Decía eso.

La primera noche que Kenta pasó en su casa, Shūichi no le preguntó nada para que el niño no se sintiera acorralado.

Cenaron y vieron una película de la colección. Shūichi llenó la bañera con agua caliente, pero Kenta prefirió darse una ducha. Cuando lo acostó, le preguntó si quería que le leyera algo y el pequeño asintió. Entonces, bajó a por un libro de cuentos de hadas que había en el salón, pero cuando regresó a la habitación, Kenta ya se había dormido.

A la mañana siguiente Shūichi preparó el desayuno, ayudó a Kenta a revisar la cartera y lo acompañó por el Túnel de la Concubina durante un trecho para que el cementerio de la izquierda no lo asustara. No lo mencionó, a modo de excusa le dijo que tenía que hacer un recado en la zona de Hase, pero sonrió al darse cuenta de que Kenta ya no tenía miedo de las tumbas. La infancia iba retrocediendo poco a poco.

Recordó la emoción que había sentido a veces con Shingo, la idea de haberlo comprendido por fin después de que hubiera crecido, solo que para entonces el niño ya había vuelto a cambiar. Por mucho que uno lo intentara, era imposible conocer a la gente de una vez por todas.

Al cabo de dos días, Shūichi y Kenta parecían haber vuelto a su vieja rutina. Se había reanudado el jaleo de las meriendas, el estudio de los *kanji* y de la aritmética, las historias fantásticas y el amor por los insectos. Solo se habían añadido las cenas y las veladas. Un par de veces invitaron a Sayaka a comer, jugaron al mimo y a las cartas hasta bien entrada la noche.

Una tarde, al acercarse por casualidad al escritorio de Shūichi, Kenta echó un vistazo a las ilustraciones en las que su amigo estaba trabajando y notó algo diferente. Vio color, olas amarillo sol y rojo peonía, un verde que parecía gritar de lo brillante que era.

—¿Quieres bañarte primero? —le preguntó en ese momento Shūichi desde el pasillo y Kenta dio un respingo. Inmóvil, con la voz lo más firme posible, respondió que prefería hacerlo más tarde.

El chico esperó a que el hombre cerrara la puerta del cuarto de baño y se puso a mirar de nuevo las ilustraciones. En ellas abundaban las figuras de rostro amable y le asombró el mar de vida que flotaba en cada imagen: peces, medusas, hojas habitadas por insectos que jamás había visto, caracoles brotando de los arbustos con unas antenas desproporcionadas. Kenta pensó que aquellos dibujos no se parecían en nada a los libros, también asombrosos, que la señora Ōno le había mostrado con orgullo. Nunca se lo confesaría a Shūichi, en parte por timidez y en parte por vergüenza, pero había algo nuevo y tan hermoso en aquellas láminas que el mero hecho de mirarlas lo hacía sentirse feliz.

Entretanto, los padres de Kenta, tranquilizados por la voz sonora del niño al hablar por teléfono y por la mejoría de la abuela, se quedaron unos días más en Fukushima; le contaron a su hijo los paseos de ida y vuelta de casa al supermercado o de casa al hospital, y las sorpresas que les deparaban cosas tan banales como las especialidades locales en la nevera, el dialecto cerrado de los ancianos, que apenas entendían, o los recuerdos infantiles del padre mezclados con el encuentro fortuito con antiguos compañeros de colegio, profesores jubilados. Aquellas vacaciones forzadas también parecían estar sentándoles bien, a tal punto que Shūichi se preguntó si su crisis matrimonial no sería el resultado de una desconexión de vidas, más que de un desencuentro. De ser así, también tenía remedio. Se lo dijo a Kenta al día siguiente, cuando el niño, tratando torpemente de disimular sus esperanzas, se lo preguntó.

El domingo decidieron hacer cosas extraordinarias. Para comer pidieron curry a domicilio con todos los extras posibles: queso asado en un gofre, croquetas de cangrejo, verduras a la plancha, huevo cocido y aros de cebolla fritos. Además, vieron todos los episodios de *Conan* en un larguísimo maratón que empezó por la mañana y, con varias interrupciones, terminó por la noche.

En esos días de perfecta armonía, Shūichi quiso convencerse de que la misteriosa tristeza que había hecho enmudecer a Kenta durante los dos meses anteriores y que había llevado al niño a evitarlo incluso en la calle no había existido en realidad.

Ciertas cosas iban y venían, quizá tampoco hubiera sucedido nada, solo la transformación de un sentimiento de la que ni siquiera Kenta era consciente: en ocasiones, la vida tenía lugar sin más.

Por la noche, mientras el televisor seguía difundiendo resplandores multicolores en el salón, Shūichi le dijo al niño que se sentara, que iba a servir la cena en unos minutos.

Fue a buscar los cuencos de ensalada de patata y *tempura*. Había pasado la tarde trajinando en la cocina mientras Kenta jugaba: quería darle una sorpresa. Era su última noche juntos, ya que los padres del niño iban a regresar al día siguiente de Fukushima.

Cuando entró en el salón y se dirigió hacia la mesa, Shūichi vio a Kenta parado delante de las fotografías. Por la tarde, mientras esperaba a que hirvieran las patatas, había terminado de enmarcarlas y las había colocado en el salón, cerca de la ventana.

—Es Shingo —dijo Shūichi al ver que Kenta permanecía inmóvil mirándolo—, mi hijo.

Puso la vajilla en la mesa y la comida en el centro. El resultado lo satisfizo. Pero, cuando hizo amago de aproximarse a Kenta, se dio cuenta de que el niño estaba llorando.

—¿Qué pasa? ¿Por qué te has entristecido? —preguntó, alarmado.

Kenta se había metido una mano en el bolsillo izquierdo y apretaba con fuerza el puño.

—¿Kenta?

—La suerte… —balbuceó el niño.

—¿Qué suerte?

El pequeño lloraba cada vez más fuerte.

—Su suerte yo…

El niño se volvió de golpe y hundió su cara en la camiseta de Shūichi.

Este bajó la mirada y vio la cabecita oscura de Kenta, que tenía la misma estatura que Shingo la última vez que lo había abrazado para consolarlo después de la tremenda pelea que había tenido con Aya: su hijo quería un perro o un pez, ¡hasta un ciervo volador!, pero su madre se lo había negado terminantemente alegando que no quería tener más cosas vivas en casa.

—¿Puedes explicarme qué ha sucedido, Kenta?

Shūichi se agachó para ponerse a su altura y el niño le rodeó el cuello con los brazos. El hombre le dio un fuerte abrazo, como si pretendiera decirle que estaba allí para gobernar el mundo.

Permanecieron abrazados unos minutos, hasta que Kenta se separó de él poco a poco y abrió el puño a la vez que se restregaba la cara llena de lágrimas con una manga.

Shūichi vio un hilo y en un principio no entendió de qué se trataba. Solo lo reconoció cuando lo agarró con los dedos y lo observó de cerca.

A partir de ese momento, recortó por completo la escena. Años después olvidaría la cena, el televisor en el que seguían teniendo lugar las aventuras de Conan; a su alrededor solo aparecían el niño, el filamento de tela y una luz tan violenta que todo lo demás parecía haberse abrasado con lejía.

Era la pulsera que le había regalado a Shingo en el primer año de primaria, cuando su hijo aún tenía miedo al agua. El día de su primera clase de natación, Shūichi le había asegurado que, si se la ataba a la muñeca, no le ocurriría nada, que la pulsera era un poderoso amuleto.

Sorprendido, Shūichi miró a Kenta. ¿Cómo había llegado aquel objeto a estar entre sus dedos?

Aún sacudido por los sollozos, el niño no levantó los ojos de la palma que, aunque vacía, seguía tendiendo hacia Shūichi.

—Yo se la robé —repitió, desesperado—, tuvo mala suerte por mi culpa.

DOKI DOKI

—Ayer tuve una pesadilla espantosa.

—¿Qué soñaste?

—Que mi madre dejaba a mi padre, se volvía a casar y me llevaba lejos.

El niño mayor guardó silencio. Agarró una bellota y la tiró cuesta abajo partiéndola con el pulgar y el índice. Luego preguntó:

—¿Todavía se pelean?

—Siempre están riñendo... Odio cuando lo hacen.

El niño mayor asintió con la cabeza. Le gustaba el otoño, su padre decía que era la estación en la que ocurrían las cosas más importantes.

—¿Tus padres nunca se pelean? —preguntó el pequeño.

—No, nunca, pero no sé si se quieren de verdad.

—¿Qué quieres decir?

—Cuando están juntos parecen un poco tristes y evitan quedarse solos si yo no estoy.

—Pero no se gritan ni se dicen cosas feas.

— No, eso no.

El más pequeño sacó una piedra del bolsillo y la lanzó por encima de las vallas metálicas que había a su izquierda. La abuela del niño mayor le había explicado un día que servían para protegerse de la montaña; que, en caso de que hubiera desprendimientos en la cima y cayeran al camino, las redes los retendrían.

—En cualquier caso, en el sueño ya no podía encontrar el camino de vuelta a casa, no sabía dónde estaba. Estaba solo y no veía nada, como cuando todo está negro en alta mar.

—Debía de ser terrible...

—Espantoso.

—Cuando tengo pesadillas, yo también sueño que estoy solo. Siento que me he perdido y estoy convencido de que jamás volveré a saber dónde estoy.

El niño pequeño se entristeció aún más. Su amigo también tenía pesadillas, tenía miedo. Se preguntó si él también se haría pis en la cama.

—La semana pasada vinieron unos policías al colegio, porque era el día de la seguridad vial. Nos dijeron que en Japón desaparecen cada año cientos de niños...

El niño mayor lo interrumpió.

—¡Mi padre también me lo ha dicho!

—Los policías nos dijeron que algunos se van de casa porque no son felices, pero que a muchos se los lleva alguien y no vuelve a saberse nada de ellos.

—Nada.

—Nada, para siempre.

—Para siempre.

—Sí, para siempre. Es como caer en un agujero negro y no salir nunca. Al principio estaba contento de ir solo al colegio, pero luego empecé a tener miedo. No sé cómo es en Tokio, pero, a pesar de que esta es una ciudad pequeña, hay locos por todas partes. Así que el primer año no quería ir y volver solo al colegio.

El niño pequeño no lo confesó, pero varios de sus compañeros le tomaban el pelo y a él se le partía el corazón cada vez que le recordaban que era un cobarde.

Ajeno a todo, el niño mayor sonrió. Se puso en pie con un puñado de bellotas aún en la mano.

—Mi madre dice que le da igual lo que piensen los demás, que prefiere exagerar y acompañarme. A veces viene mi padre y mientras caminamos me cuenta un montón de cosas. Luego yo entro en la escuela y él se va a trabajar.

—Tu padre escribe libros, ¿verdad?

—Los dibuja, y mientras lo hace ¡pum!, aparece la historia.

—¿Pum?

—Sí, eso dice: que los dibuja y que ¡pum!, nace la historia.

Experimentar ciertas emociones requiere inconsciencia.

Tras la primera vez, que define su naturaleza para siempre, los sentimientos jamás vuelven a reproducirse con idéntica intensidad y esto no se debe a que las personas que conocemos más adelante en la vida sean menos importantes, sino a que nuestra configuración emocional crece mientras tanto, se endurece, ya no está dispuesta a transformarse de esa forma azarosa y definitiva.

Eso fue lo que pensó Shūichi cuando nació Shingo. Que el alma del niño crecía y que él tendría todo el espacio del mundo en su vida. Casi lo asustaba esa bienvenida indefinida que el niño le daba. Aunque hubiera sido una bicicleta, un montón de chatarra o una escultura que valiera millones de yenes en una subasta, esa planta que era el niño crecería enroscada a Shūichi y a Aya, a la materia que componía su familia. Partiendo de una planta frágil, Shingo iría engordando hasta convertirse en corteza y su tronco se moldearía con el tiempo para albergar la bicicleta, la chatarra o la preciada escultura. No tenía elección, todo se convertiría en parte de él.

Pero de mayores nada era como antes. Una planta ya crecida jamás admitiría ese tipo de alteración.

Aun así, Shūichi llevaba meses pensando en Kenta con una intensidad que, en lugar de aplacarse, iba en aumento. No podía separar al niño de sí mismo.

Una mañana de marzo, se despertó con la duda de si el amor que sentía por Shingo se estaba canalizando hacia Kenta. Lo imaginó como un injerto milagroso, un brote latente soldado a una rama aún vieja y el corte impreciso que, por un azar extraordinario, era exacto. Shūichi se vio a sí mismo en el acto de vendarlo con fuerza para que arraigase.

¿Cómo se explicaba, si no, esa ligereza? Kenta brotaba en su día, florecía cada vez más en su memoria. En aquellos dos años había sido lo más parecido a la alegría.

Cuando había visto a Kenta por primera vez, el parecido le había resultado tan extraordinario que había llegado a pensar si no sería fruto de su imaginación. La similitud no estaba tanto en las facciones, sino en los gestos, en el uso de ciertas expresiones, en el extraño tartamudeo que hacía que una palabra reiniciara una y otra vez desde el principio hasta que salía perfecta.

Estaba seguro de no haberlo visto hasta ese momento y, sin embargo, percibía en Kenta un retorno en todo lo que decía, en la forma precisa de moverse.

Por esa razón, no había sido fácil. Le había dolido hablar con él, como dolían las cosas cuando se han amado con tal intensidad y convicción que no se admite que un día puedan terminar. Aun así, Shūichi había comprendido de inmediato que también podía ser una oportunidad, la única que, quizá, la vida le estaba concediendo.

De manera que, con el paso de los días y las semanas, había ido dejando que Kenta entrara poco a poco en su corazón. Había sido como caer en los pasos de alguien. Calibrar la velocidad, la amplitud del andar, estirar la mano y encontrar siempre la suya a su izquierda o su derecha.

En las tardes que compartían después del colegio, Shūichi observaba a Kenta encorvado sobre los libros en el salón, entusiasmado entre los estantes del supermercado, perfilado en las calles de la ciudad que tanto amaba. A veces le dolía tanto el corazón que tenía que ponerse la palma de la mano en el pecho para sosegarlo.

Observar a Kenta, hablar con él, darle un bocadillo o incluso regañarlo traía a la memoria de Shūichi su vida anterior. Leyendo enciclopedias con Kenta también recuperaba a

Shingo. Era como si los dos niños estuvieran agarrados de la mano en su cabeza. Cuando algo lo apasionaba, su hijo vertía en él su vocabulario. Si hablaba de insectos, todo se convertía de repente en *exoesqueleto, reproducción, ciclo biológico, adaptación ambiental*; si se enamoraba del Antiguo Egipto, el mundo que lo rodeaba invocaba *jeroglíficos, dinastías, momias y faraones* a cada paso. A Kenta le ocurría lo mismo.

Desde que tenía cinco años, Shingo contaba todas las tardes a Shūichi cómo le había ido el día y este lo dibujaba mientras lo escuchaba. Aparte de ellos dos, nadie conocía el secreto de aquella hora; Aya creía que estaban revisando los deberes para el colegio o que Shūichi quería enseñarle algo, así que antes de dejarlos solos, le llevaba al niño una taza de chocolate caliente para aliviar su esfuerzo.

Padre e hijo habían acumulado un considerable manojo de papeles a lo largo de los años: el niño había puesto las palabras; el adulto, el color y las formas.

«Un día publicaremos un libro enteramente nuestro y viajaremos por el mundo para presentarlo», se habían dicho una noche otoñal.

—¡Incluso a Marte! —se había aventurado Shingo.

El verano del año siguiente, el niño se ahogó en la piscina.

Con la reserva propia de aquellos fragmentos nocturnos en los que padre e hijo se contaban en voz baja unas aventuras fabulosas, el día del funeral Shūichi había metido los folios en el pequeño ataúd, a un costado de Shingo. Lo había hecho mientras todos se encaminaban ya hacia el autobús, poco antes de que la caja donde estaba metido se cerrara y ardiera. El tiempo de una caricia antes de que su diminuto hijo se evaporase con el papel.

*La cita que Shūichi escribió en su cuaderno
el 16 de agosto del año anterior*

«Si no me encuentras al principio no te desanimes. Si me pierdes en un lugar, busca en otro. Me he detenido en algún lugar a esperarte».

WALT WHITMAN, *Hojas de hierba.*

—¿**M**i madre te dio la pulsera? ¿La señora Ōno? —le preguntó Shūichi con dulzura.

Kenta había bajado por fin la mano, pero sus ojos seguían clavados en el suelo.

—Kenta, me alegro de que la tengas —murmuró para tranquilizarlo.

En ese momento, mientras el anochecer goteaba en la habitación y Shūichi se levantaba para encender la lámpara que se encontraba junto a la ventana, una imagen volvió a su memoria.

Vio a dos niños al anochecer, dentro del Túnel de la Concubina con una pelota. Jugaban a lanzarla lo más lejos posible, de un lado al otro del túnel. Esta llegaba débilmente y ellos volvían a patearla. Uno era Shingo. Pero ¿quién era el otro? ¿Podría haber sido Kenta? En aquellos días, hacía tres años, Shūichi estaba ausente: tenía una exposición y necesitaba terminar lo antes posible el catálogo; en casa exigía silencio y nadie, ni siquiera Shingo, se asomaba a buscarlo. Shūichi lo llevó entonces a Kamakura: a Shingo le encantaba quedarse en casa de su abuela y admiraba a su padre, no le molestaban las apneas que precedían a la conclusión de un libro. No veía la hora de que Shūichi terminara el trabajo y regresara para mostrarle alegremente las primeras copias, recién impresas, sobre las que más tarde le contaría innumerables anécdotas.

Shūichi miró a Kenta y sonrió:

—Conocías a mi hijo, ¿verdad? ¿Solías jugar con él cuando Shingo venía a visitar a su abuela?

Algo en aquel recuerdo lo conmovía. Le explicaba la clarividencia de la memoria, que, incluso cuando no estamos atentos, registra la vida y nos la vuelve a presentar cuando por fin somos capaces de comprenderla.

¡El niño que jugaba al atardecer con Shingo solo podía ser Kenta!

—¿Conocías a Shingo, Kenta?

Kenta buscó en su mente una imagen que pudiera calmarlo. Saltando de la playa desierta al libro de *kanji*, se detuvo en el cuaderno de Ciencias Naturales, en un dibujo tan preciso de un escarabajo que el profesor le había puesto un doble sello que rezaba «¡Bien hecho!» con una estrellita al lado.

—¿Kenta?

—Era mi mejor amigo.

Shūichi agarró al chico de una mano y tiró de él para que se sentara en el sofá.

—Pero no creo que yo fuera su… Shingo era mucho mejor que yo. Debía de parecerle un imbécil.

—¿Por qué dices eso? Seguro que te estimaba mucho como amigo.

Kenta volvió a frotarse la cara con la manga. La tela brillaba como si un caracol hubiera pasado por encima.

—Celebramos el cumpleaños el mismo día.

—¿Shingo y tú? ¿En serio? —exclamó Shūichi soltando una carcajada.

—El 17 de junio, solo que yo nací dos años después —susurró Kenta esbozando también una sonrisa.

—De manera que tú también naciste durante la estación de las lluvias… A Shingo lo irritaba la lluvia. Su madre y yo hicimos todo lo posible para que le gustara.

—A mí no me molesta.

—¿Lo sabía mi madre? ¿Lo del 17 de junio?

Kenta asintió con la cabeza.

Kenta había admirado tanto a Shingo que incluso había intentado remedar sus gestos, la forma en que su amigo llevaba el pelo peinado hacia detrás, el chasquido que emitían sus labios cuando se enfadaba, y la mímica, que se iba ampliando a medida que su enfado iba en aumento. Al principio lo había hecho inconscientemente, pero luego se había convertido en un verdadero intento, y cuanto más aprendía a imitarlo, más fuerte se sentía.

Por eso, cuando una tarde Shingo se dio cuenta de que había perdido su pulsera en la playa y fue a buscarla sin dejar de repetir «me la regaló mi padre, es el amuleto de la buena suerte más poderoso del mundo», Kenta lo ayudó. Estuvieron rebuscando en la arena hasta que oscureció.

Caminaron desconsolados de vuelta a casa, pero Shingo no se resignaba. No paraba de contarle lo especial que era aquella pulsera: gracias a ella había aprendido a nadar y había montado a caballo a los seis años sin caerse. También había ganado una vez un muñeco en el parque de atracciones y siempre había encontrado todas las pelotas de béisbol cuando jugaba en el patio. «¡Todas, siempre!», exclamó. «Nadie más de mi equipo las ha encontrado todas». Luego guardó silencio mientras la pena, paso a paso, se iba haciendo definitiva. Kenta calló y lo acompañó caminando a su lado. Por primera vez desde que eran amigos, Shingo entró en casa sin darse la vuelta para saludarlo.

Kenta no dudó ni un instante del poder del amuleto y, mientras bajaba corriendo por la calle para evitar el cementerio, temió que Shingo estuviera enfadado con él. Quizá lo considerara responsable de la pérdida. Al fin y al cabo, estaban jugando juntos cuando la había extraviado y, si no hubieran bajado a la playa, si no hubiera insistido en construir la pista para las canicas, probablemente la pulsera habría permanecido en su muñeca. Por eso no se había vuelto para despedirse de él. Estaba enfadado.

Ese pensamiento angustió tanto a Kenta que les dijo a sus padres que no tenía hambre, se duchó y se fue a dormir. No podía conciliar el sueño y, nervioso, no dejaba de dar vueltas en la cama hasta que decidió que volvería a la playa en cuanto amaneciera: se juró a sí mismo que encontraría la pulsera.

Se levantó al amanecer y salió de casa armado con un rastrillo y un cubo. Buscó en la playa durante horas mientras, a su alrededor, decenas de niños cavaban agujeros, agarraban cangrejos y caracolas, se perseguían y se tiraban al mar.

Cuando, a la hora de comer, no le quedó más remedio que rendirse, enfiló el Túnel de la Concubina. Estaba desesperado, decidido a pedir disculpas a su amigo hasta que él quisiera perdonarlo. Tenía la cara llena de lágrimas y la espalda quemada por el sol.

Fue entonces cuando, contra todo pronóstico, encontró la pulsera de Shingo.

Estaba tirada en el asfalto, no muy lejos de la puerta de la casa de su abuela. Se le había debido de caer por la mañana, antes de bajar a la playa.

Kenta la aferró con los dedos y su alegría fue tal que al principio no sabía cómo manejarla. La pulsera estaba sucia, un coche debía de haber pasado por encima de ella y su brillante color rojo estaba cubierto de manchas de barro.

La tentación de devolvérsela de inmediato a Shingo era grande, pero pensó que si lavaba la pulsera y se la devolvía en las mejores condiciones se convertiría en un héroe a ojos de su amigo.

Corrió a casa, la lavó y la secó a conciencia con un secador de pelo. Esperó, disfrutando de cada segundo que lo separaba del momento en que le diría a Shingo: «¡Aquí está, la he encontrado!». Después de comer subió a la montaña y llamó a la puerta. ¿Dónde estaba Shingo? Madame Ōno le contestó que su nieto se había marchado a Tokio esa mañana y que no regresaría a Kamakura hasta dentro de tres o cuatro semanas. ¿Quería que le dijera algo?

En un primer momento Kenta se sintió decepcionado, lloró de rabia. Luego, sin embargo, pensó que, en ausencia de su amigo, podría probar el poder del amuleto. En la carrera del lunes se puso la pulsera en la muñeca y salió a la pista. Llegó tercero, un resultado inaudito en él.

El miércoles volvió a ponérsela para el examen de japonés; la frotó con la yema del dedo derecho y recordó como por obra de magia la secuencia exacta de los *kanji*, adivinó —porque sabía que no lo había estudiado— el orden de un carácter cuya forma recordaba vagamente haber visto en el libro de texto. En esa ocasión, el amuleto volvió a ser eficaz.

Lo guardó en el cajón durante dos semanas y luego se lo puso en la muñeca la noche en que su padre llegó tarde del trabajo: su madre lo estaba esperando para salir con sus amigas del instituto y en una situación así solían reñir tan fuerte y durante tanto tiempo que el niño se tapaba los oídos bajo las sábanas para no oírlos gritar; pero esa noche dos de las cuatro amigas cayeron enfermas y la cena fue pospuesta.

Después del nuevo milagro, Kenta dejó de dudar sobre el poder del amuleto. Se sintió culpable por Shingo, pero pensó que su amigo habría compartido gustosamente con él parte de aquella enorme fortuna.

Normalmente, cuando visitaba a su abuela en Kamakura, Shingo no iba a buscar a Kenta para jugar, pero, de una manera o de otra, los niños siempre acababan encontrándose en las calles de la ciudad. De hecho, los sábados y los domingos, Kenta subía a propósito a la montaña, cruzaba el Túnel de la Concubina y trataba de averiguar si su amigo había vuelto: una bicicleta en el jardín, juguetes en el camino de entrada, el aroma de las tartas y pasteles que la anciana solo horneaba cuando esperaba a su nieto.

Pero, por miedo a tener que devolver la pulsera enseguida, Kenta empezó a evitar la zona los fines de semana. Los sábados se quedaba en casa o iba con sus padres a Ōfuna o a Fujisawa para hacer la compra. En el fondo, se sentía cobarde y mezquino, pero en los últimos tiempos sus padres se llevaban bien y Kenta estaba seguro de que era gracias al poder de la pulsera. A esas alturas ya no se la quitaba nunca de la muñeca.

Al cabo de tres semanas, sin embargo, sus padres volvieron a enfrentarse, a tal punto que cancelaron las vacaciones que los tres debían pasar juntos por la Fiesta de los Muertos, que se celebraba en agosto; entonces, Kenta empezó a pensar que la buena suerte lo estaba abandonando porque había sido desleal. Echaba de menos a Shingo y no se le iba de la cabeza el disgusto que había sentido su amigo cuando, al volver de la playa, le había repetido lo importante que era para él el amuleto. La culpa lo había estropeado todo.

Entonces, un sábado, se armó de valor, subió corriendo hasta llegar jadeando a la puerta de la abuela de Shingo. Una vez allí, llamó, decidido a devolverle la pulsera. Se la daría y ella encontraría la forma de enviársela a su nieto.

Pero, cuando la mujer le explicó —con los ojos hinchados por las lágrimas— lo que le había ocurrido a Shingo, Kenta se quedó petrificado. No lo entendía. Ni siquiera fue capaz de comprenderlo mientras regresaba a casa. Comió, cenó y se fue a dormir aún desconcertado. A partir de entonces, la idea se fue abriendo paso en su mente de diferentes maneras: al cabo de una semana, su madre les contó la tragedia durante la cena (se había enterado por una vecina), un dibujo animado en que el protagonista caía al mar durante una tormenta, el extraño empuje que provocaba en el aire la presencia de la pulsera en la habitación.

Todo le quedó definitivamente claro cuando perdió la felicidad.

El corazón de Kenta hacía *doki doki* cuando estaba con Shingo. *Doki doki* era el ruido de fondo de todas sus conversaciones. Su corazón latía, latía así de fuerte: *doki doki, doki doki*.

Shingo, que le había enseñado a pescar cangrejos con las manos, que le había asegurado que, si anotaba las cosas, estas permanecerían con él para siempre, que la verdadera felicidad funciona cuando logras hacer más cosas con menos; él, que, con su manera sincera y arrogante, le había enseñado la amistad y, con ella, el amor.

Kenta se había sentido tan orgulloso de que su amigo, que vivía en la capital, ¡en Tokio!, quisiera morir allí, en Kamakura, donde había nacido. Le gustaba que Shingo le pusiera la mano en un hombro cuando empezaban a jugar al fútbol, una especie de saludo que alguien debía de haberle enseñado y que él había decidido pasarlo a Kenta. Se había sentido elegido.

Alguien escribió en una ocasión que acabamos por parecernos a nuestro yo ideal, que «la cara que deseamos derrota poco a poco a aquella con la que nacemos». Kenta estaba convencido de que se parecía al niño que le llevaba dos años justos. Hasta había empezado a dibujar las conversaciones que recordaba, incluso fragmentadas, como Shingo le había sugerido que hiciera. Aún recordaba la alegría con la que le explicaba lo bonito que era aprender a escribir. ¡Por fin era posible detener las cosas!

Veinte años más tarde, en compañía de su novia, Kenta atribuyó un nombre a lo que había sentido por el niño mayor. Con toda probabilidad, había sido la primera forma de amor que había experimentado por alguien que no fueran sus padres.

Qué hicieron Aya y Shūichi para que Shingo
amara la lluvia

—Aya le compró un impermeable de Pikachu, un paraguas que se coloreaba cuando se mojaba y dos botas con la cara del Pókemon en la punta.

—Shūichi le regaló el *Diccionario de las palabras de la lluvia*. Le dio tiempo a enseñarle treinta y seis de las mil doscientas que contenía el volumen.

—Cada día que llovía, Aya metía una moneda en la hucha de Shingo, que tenía forma de capibara. La llamaron «la hucha de la lluvia».

—Al regresar de la guardería, Shūichi siempre lo dejaba que saltara libremente en los charcos, incluso en los que estaban llenos de barro y eran tan grandes que acababa empapándose los pantalones. Luego, al entrar en casa, corría a meter al niño bajo el chorro de la ducha y entretanto lavaba la ropa a mano en secreto para que Aya no los descubriera.

2

L a culpa es mía... suerte.

No dejaba de pronunciar esa palabra.

—Kenta, ¿de verdad crees que Shingo se ahogó porque no llevaba la pulsera amuleto en la muñeca?

—No sé, tal vez.

—Shingo la tenía ese día.

Kenta levantó la vista desconcertado.

—Pero ¡eso es imposible, la tenía yo!

Shūichi sonrió. Se sentía profundamente feliz, como cuando preparas una gran sorpresa y esperas ver alegría en la cara del destinatario.

—Shingo había cambiado tres veces de pulsera y la última fue solo dos meses antes.

Kenta hizo un ademán para darle a entender que seguía sin comprenderlo.

—Shingo siempre la llevaba en la muñeca, pero no era la misma. Se la cambié varias veces en los dos años que la tuvo. ¿No lo sabías?

Kenta negó con la cabeza.

—La abuela de Shingo, la señora Ōno, me enseñó de niño que, cuando encontramos una cosa que realmente nos gusta y estamos completamente convencidos de que posee algún tipo de poder, conviene comprar más de una. Así, si se estropea, se rompe o se pierde, tenemos otra de repuesto —explicó Shūichi—. Cuando era pequeño, mi madre siempre compraba al menos dos ejemplares de todo, de manera que tengo tres copias de mis libros favoritos, bufandas idénticas, guantes;

incluso esta casa está llena de platos, ropa, lámparas y accesorios idénticos... ¿no te has dado cuenta?

Shūichi se reía a la vez que señalaba los duplicados en la sala y la cocina, enumerando los objetos e incluso los ingredientes que sobraban. La señora Ōno ganaba todas las batallas contra el desgaste, el olvido y los incidentes más banales de la existencia.

Sujetando con fuerza la manecita de Kenta, Shūichi subía escaleras, abría armarios y estanterías, le hablaba de su madre, de su obsesión por la felicidad. Mezclaba episodios cortos, como el de la bicicleta de cuando tenía cinco años y el del gato que había desaparecido en el terremoto, y, mientras se lo explicaba al niño con el lenguaje transparente de cuando uno ya no quiere ocultar nada, se reía de todas las mentiras que la mujer había inventado para protegerlo del dolor. Sintió una gran ternura y, por primera vez, Shūichi comprendió el legado de su madre con el corazón: una época de su vida en la que había sido feliz de una forma maravillosa y ridícula a la vez.

Sin soltar su mano, Shūichi volvió con Kenta a la sala de estar. Retomó la conversación, porque sabía que en la infancia el pensamiento mágico está lleno a rebosar de poderes extraordinarios, aunque también de sentimientos de culpa, y Kenta debía de haberse considerado en serio responsable, de alguna forma, de la muerte de Shingo. Sintió deseos de estrecharlo entre sus brazos, pero se contuvo. En ese momento, Kenta necesitaba la verdad, en lugar de caricias.

—¿Sabes? Después de que su primera lección de natación fuera bien y de que Shingo volviera entusiasmado del colegio asegurando que había sido gracias a la pulsera, al amuleto, regresé a la tienda y compré veinte más, ¡veinte, sí!, para que le bastaran hasta secundaria, dada la frecuencia con la que las perdía —prosiguió Shūichi riéndose—. Si te pareció triste el día en que la extravió, fue porque, probablemente, le dolió. Siempre me prometía que prestaría atención.

Kenta seguía guardando silencio.

Shūichi le apretó entonces los hombros.

—Ese día la llevaba en la muñeca, Kenta —murmuró dándole un pequeño beso en la cabeza—. Tú no tuviste nada que ver.

Esa noche, después de que Kenta acabó de derramar veinte mil leguas de lágrimas y confió al viento cien mil voltios de recuerdos sobre Shingo, Shūichi se quedó quieto en la cama, incapaz de conciliar el sueño.

Recordó la pulsera roja de Shingo, el momento en que se la había atado a la muñeca cuando tenía seis años, su rostro vacilante, pero esperanzado, la tienda de cien yenes donde la había comprado, el día en que la tienda había cerrado y él se había enfadado con Tokio porque las cosas nunca dejaban de cambiar en aquella ciudad. Volvió a ver a Shingo murmurando que la había perdido en Kamakura, en la playa, y que lo sentía mucho; también volvió a verse a sí mismo riéndose de él: ¡ten cuidado de no perder también un brazo o una oreja, dado lo descuidado que eres! Pero Shingo no se había reído esa vez y él había pensado que su hijo estaba creciendo, porque las cosas ya no lo afectaban de la misma manera.

¿Cómo era posible que los recuerdos emergieran de forma tan repentina?, se preguntó Shūichi conmovido en la penumbra de la habitación. Era un terreno movedizo que, poco a poco, iba causando desprendimientos hasta que, al final, media montaña se venía abajo.

Liberado también él de dos quintales de chatarra y de siete mil hectolitros de aceite, pensó que los latidos de su corazón estaban cambiando de nuevo.

Decidió que al día siguiente hablaría con la madre de Kenta. Le contaría lo mucho que quería a su hijo, lo importante que este era en su vida.

DOKI DOKI

—¡Vamos! ¡Pregúntame!

—¿Cuál es el pez más grande del mundo?

—El tiburón ballena.

—¿Y el animal?

—La ballena.

—¿Fuera del agua?

—El elefante.

—¿Cuál es la flor más grande del mundo?

—La rafflesia… se inspiraron en ella para dibujar a Gloom, de los Pokémon, la flor que apesta.

—¿Y el insecto más grande del mundo?

—El *Titanus giganteus*.

—¿Y el niño más grande del mundo?

—El hombre más grande del mundo cuando era niño, ¿no?

El verano pasó sin sobresaltos.

La situación familiar se relajó y los señores Ogawa llevaron a Kenta a Hokkaidō, un viaje con el que el niño llevaba tiempo soñando. Casi todos los días, Kenta enviaba a Shūichi con el móvil de su madre fotos desde los campos florecidos en franjas multicolores de Furano, un puntito oscuro en el fondo de un río que, según le explicaba, era «un oso pardo enooooorme» que habían avistado desde el barco, frente a la escarpada costa de Shiretoko.

Shūichi respondía con largos comentarios, a los que añadía información y curiosidades sobre los lugares que el niño iba visitando.

Cuando se aburría, sobre todo cuando viajaba en autobús o en tren, Kenta le enviaba adivinanzas, bocetos de focas, extensiones de sal, vocales farragosas con las que le hacía oír el rumor del mar, la voz imperceptible de las ballenas. A Shūichi le parecía un asombroso ejercicio de imaginación.

En ese intercambio, Shūichi también intimó con la madre de Kenta. Una noche en que, a pesar de haber llamado a la hora convenida, el niño ya estaba durmiendo en la tienda, Shūichi y la señora Ogawa tuvieron una larga charla.

Shūichi averiguó por fin su nombre (Naoko), se enteró de que el padre de Kenta había sufrido una forma de depresión debido al exceso de trabajo y de que, por fin, había cambiado de empresa en julio. Se había concedido esas vacaciones entre un trabajo y otro. Debido al ambiente relajado y a unas copas de más, la mujer le confió a Shūichi que, tras varios años de desencuentros, las cosas volvían a ir bien entre ellos. «Cuando no te gusta, el trabajo acaba con tu vida, con el afecto por la gente», comentó ella. «Además, envejecer también es bueno».

Shūichi se alegró de que la solución estuviera cerca. Lo estaba para la pareja, pero sobre todo para Kenta: el niño necesitaba aprender el tipo de amor con el que algún día le sería posible formar una familia.

Tras terminar la conversación con la señora Ogawa, Shūichi llamó a Aya.

Faltaban unas semanas para el 16 de agosto, el día en que todos los años visitaban juntos la tumba de su hijo. Normalmente se enviaban un mensaje cortés para acordar la hora y el lugar exactos, pero esa tarde Shūichi sintió el impulso de llamarla y de charlar sobre los tres meses que habían pasado desde la última vez.

—Hola, Aya.

—Shūichi, ¿pasa algo?

—No, nada. Solo quería hablar contigo.

Le preguntó cómo estaba, le habló del niño que había encontrado rebuscando en su casa en otoño, de quién era Kenta, de que había sido amigo de Shingo y de la pulsera de la suerte. También le contó que Kenta se había sentido culpable sin motivo.

—No hay catástrofe natural que no sea responsabilidad de un niño —musitó Aya—. Es el pensamiento mágico de los niños, se sienten capaces de hacer cosas grandes y terribles al mismo tiempo.

—Es cierto —corroboró Shūichi—, el universo se concentra en sus pequeñas manos. En ese momento, recordó haber hablado con Aya del tema por primera vez, de los superpoderes que Shingo creía poseer.

Durante aquella larguísima charla, volvieron a flote las palabras sosegadas de antaño. Shūichi también le habló de las obras que había hecho en la casa de su infancia, de cómo Kenta lo había obligado a colocar todos los objetos en su sitio. Se rieron de la terquedad de los niños, de cómo la costumbre los serenaba. Shūichi también le confesó que echaba de menos a su madre: en esos días, al amanecer y al anochecer de las tardes más calurosas, tenía la impresión de que se transformaba en un dulce fantasma que vagaba por las habitaciones.

—Yo quería mucho a tu madre.

—Lo sé, y ella te correspondía.

—¿Cómo va el trabajo? ¿Cuándo saldrá tu próximo libro?

Shūichi le dijo que el libro ilustrado, cuyo protagonista era un niño náufrago, se publicaría en octubre.

—No me lo envíes, esta vez quiero ir a la librería a comprarlo.

Shūichi sintió una punzada de nostalgia y, al mismo tiempo, un profundo alivio cuando Aya le contó que pronto obtendría el título de maestra de jardín de infancia, que en su tiempo libre hacía complicados *origami* (incluso había inventado varios nuevos) y que, sobre todo, llevaba unos meses saliendo con un hombre y se iban a casar en invierno.

La vida sigue, pensó Shūichi y la felicitó.

Al cabo de unas semanas, llegó el 16 de agosto. Cuando se encontraron a la entrada del cementerio, tuvieron la sensación de proseguir con la conversación que habían iniciado unas noches antes.

Sin dejar de hablar, caminaron uno al lado del otro por la avenida. Limpiaron meticulosamente la tumba y depositaron flores y unas ofrendas en ella. Recordaron el desastre que habían sido las primeras vacaciones en Odawara, cuando, debido a las rabietas de Shingo, que por aquel entonces tenía dos años, y, a pesar de haber reservado tres noches de hotel, habían vuelto corriendo a casa. Aya le habló de los niños que cuidaba en la guardería, de lo bonita que era su energía, de cómo al principio les tenía miedo, porque temía que en su presencia sentiría aún más la falta de su hijo.

—En cambio, ahora veo a Shingo fragmentado, en los gestos y rasgos de cada uno de esos niños. Es como un rompecabezas: cada niño me proporciona una pieza. Estar con ellos me ayuda a sentirlo cerca.

Aya sacó un pececito de papel del bolsillo, luego una raya y un tiburón ballena, y los puso entre las ofrendas.

—¿Los has hecho tú?

—Sí, me calma mucho doblar papel.

—Siempre se te han dado muy bien las manualidades, sobre todo las que requieren paciencia —comentó Shūichi recordando los elaborados dulces que solía preparar para las meriendas de Shingo.

—Tú escribes libros en los que los niños se salvan siempre del agua, yo hago *origami* de peces que nadan felices en ella.

Se dirigieron hacia la salida. El compañero de Aya la esperaba en el coche delante del cementerio y Shūichi le hizo una inclinación. Al principio solo vio una parte de su busto, pero cuando alzó la mirada, se dio cuenta de que el hombre se había apeado del coche y se estaba inclinando también. A Shūichi le llamó la atención la amabilidad de su semblante.

—Me alegro por ti —le dijo a Aya. La abrazó con delicadeza—. El año próximo invita también a tu marido. Entonces ya formará oficialmente parte de la familia.

—Sí, y tú preséntame a Kenta. Me gustaría conocerlo.

—Cuenta con ello.

Aya se aplastó las pequeñas lágrimas que resbalaban por su cara.

—Ah, espera —dijo a la vez que metía una mano en el bolso.

Cuando abrió la palma Shūichi vio una mancha roja, un corazón de papel.

Aya apretó el pulgar y el índice detrás del *origami* y el corazón empezó a latir.

—*Doki doki* —susurró sonriendo.

—¿Es para mí?

—¿Para quién, si no?

Tras subir al vehículo, Aya lo saludó por última vez con una mano.

Cuando el coche desapareció de su vista, Shūichi abrió la palma y observó el corazón de papel.

Lo agarró por detrás, como si le apretara las alas con cuidado, y el *origami* volvió a latir.

La noche del 16 de agosto Shūichi escribió a Sayaka.

No le contó lo qué había hecho ese día, pensó que lo había vivido con tal intensidad que no necesitaba recordarlo. En lugar de eso, la invitó a cenar. Comieron un cuenco de pescado fresco y arroz en un restaurante con vistas al océano, en Enoshima. Se rieron y hablaron durante largo rato. Al final, casi a medianoche, tomaron un taxi para ir a casa de él.

A la mañana siguiente, cuando Sayaka lo besó en la puerta antes de salir corriendo al trabajo, Shūichi se hizo a un lado para dejarla pasar, pero ella se detuvo en el umbral.

—Me alegro de que hayas decidido visitar Teshima. Ese museo debe ser realmente especial. ¿Cuándo piensas ir?

—En septiembre, o puede que en octubre. ¿Seguro que no quieres venir conmigo?

—Sí, ya te he dicho que no. Mi trabajo no me permite ausentarme más de veinticuatro horas —respondió Sayaka.

Shūichi asintió con la cabeza. Sayaka se fue saludándolo alegremente desde el camino, pero luego regresó corriendo y lo besó de nuevo.

A través de la puerta que había permanecido entreabierta, Shūichi vio llegar el otoño, la luz que dividía las hojas de la montaña en un sinfín de verdes más apagados, el Túnel de la Concubina, del que emanaba un aroma a musgo y aire fresco. Los amarillos vivos y los rojos ambarinos descenderían a pequeños pasos; también los marrones, igualando todos los colores.

En ese instante, tuvo la certeza de que algo importante estaba a punto de volver a suceder en su vida.

La cita que Shūichi transcribió en su cuaderno
el 16 de agosto de ese año junto al dibujo de un escorpión
y de un ciervo volador

«Nunca hay mucho que decir sobre los días felices —añadió la Esfinge tras un prolongado silencio—. La felicidad detesta las palabras».

FRIEDRICH DÜRRENMATT, *La muerte de la Pitia.*

LA ISLA DE LOS LATIDOS
DEL CORAZÓN

Existe una vida real y un manojo de vidas imaginarias que se ramifican a partir de la primera.

Shūichi pensó que, si un niño vive de algo, es ante todo de su imaginación. Así es como crece: imaginando cosas que no existen, monstruos invisibles, amores que lo atraen, aventuras que nunca vivirá. En cualquier caso, no es muy diferente de lo que les ocurre a los adultos.

En proporción, la vida que soñamos es mucho mayor que la que efectivamente vivimos, pensó. Siendo así, ¿por qué se valoraba más la realidad que el sueño?

Partieron hacia Teshima un viernes por la tarde.

La decisión de llevar consigo a Kenta fue tan obvia y, al mismo tiempo, tan repentina, que Shūichi se preguntó sorprendido cómo había podido concebir ese viaje sin él. Los señores Ogawa permitieron que su hijo lo acompañara con la condición de que solo estarían fuera un fin de semana para que Kenta no perdiera ningún día de clase.

La tarde anterior habían volado a Takamatsu desde el aeropuerto de Haneda. Los padres de Kenta los habían acompañado en el tren, con la línea Keikyū que salía de Yokohama.

La señora Ogawa había llenado la mochila de Kenta de mudas de ropa y medicinas de urgencia. El padre, por su parte, le había regalado su primera cámara fotográfica. Luego, por la mañana, había tenido que confiscársela temporalmente, porque, en su afán por fotografiarlo todo, el niño tardaba en salir de casa.

Habían dormido en un hotel próximo a la estación de Takamatsu-Chikkō y habían ido a visitar el santuario de Konpira-san con el tren de cercanías, que atravesaba lo que desde las ventanillas parecía una inmensa extensión de campos de trigo.

Se enfrentaron a los mil trescientos sesenta y ocho escalones de Kompira-san para llegar a la cima, que se encontraba a cuatrocientos veintiún metros sobre el nivel del mar. La lluvia los sorprendió y los obligó a refugiarse bajo un toldo durante una hora. Tras la excursión, se apresuraron a recoger su equipaje en el hotel y embarcaron en el transbordador que en media hora conectaba Takamatsu con la isla de Teshima.

A bordo solo había unas cuantas personas y Kenta, agotado por la caminata de la mañana, se quedó dormido, mecido por el suave movimiento del barco.

Para partir necesitaban una mochila que no pesara, parches para los precipicios y una pila para romper la oscuridad.

De niño, Shūichi abría un atlas y anhelaba el mundo. No un punto en concreto, sino la suma de los lugares que las rutas habían trazado con lápiz. No se conformaba con una única parte, lo quería en su totalidad.

Eso le decía a su madre.

Pero, en el primer viaje de verdad que hicieron a Kioto para visitar a un hermano de su padre, la señora Ōno se dio cuenta de que su hijo no sentía verdadera curiosidad por el mundo. Shūichi prefería infinitamente más el enmarañado montón de líneas de colores que retrataba el universo en los libros.

—Recuerdo tu decepción. La realidad te parecía fea, no estaba a la altura de lo que habías imaginado. Creo que fue a partir de ese momento que empezaste a dibujar.

Kenta se volvió hacia Shūichi.

—¿De verdad las cosas te parecen más bonitas cuando las dibujas?

—Cuando era niño pensaba que sí, desde luego, pero ahora no estoy tan seguro.

—A mí me pasa con la comida. La veo dibujada en los menús y luego, cuando la tengo delante, siempre es más pequeña y menos colorida.

—¿Y el sabor?

—Depende… eso no puedo saberlo mirando el menú.

Al bajar del barco en Teshima, tomaron primero un autobús, el único que cruzaba la isla de un extremo al otro, y luego continuaron a pie.

Era otoño, pero daba la impresión de que el verano hubiera regresado. A su alrededor, varias libélulas alzaban el vuelo y las cigarras cantaban en medio de un calor que no iba a durar mucho.

Kenta se paraba de vez en cuando para hacer una foto, comprobaba un momento el resultado en la pantalla y luego, según el caso, la volvía a hacer o echaba de nuevo a andar. Cuando veía una gran roca, un pequeño muro o un banco, se sentaba a tomar notas en su cuaderno, porque le había prometido a su profesor que investigaría en ese viaje.

La ladera oriental de la colina estaba cubierta de verdes arrozales. Mientras caminaba entre los senderos y las contadas casas de pescadores, Kenta se volvió locuaz. Charló despreocupado sobre el colegio, sus compañeros y compañeras (quizás una le gustaba) y sobre cómo recordaba a la señora Ōno. Qué bonito había sido tenerla a su lado. «¡Cuéntame!», le decía cada vez que se veían, y a continuación se transformaba en puro silencio y espera.

Después, Kenta se detuvo de buenas a primeras.

—¿Lo oyes? —preguntó el niño mirando a Shūichi. —¿Lo oyes?

El hombre se paró para escuchar.

—Aún no.

Tras dar varios pasos más, el aire empezó a pulsar. Emocionado, Shūichi se arrodilló hasta quedar a la altura de Kenta.

—Estamos cerca.

Visto desde el exterior, el archivo recordaba a una pieza de Lego olvidada en la playa. Al menos, eso fue lo que le pareció a Shūichi.

Kenta, que aún no se había acostumbrado al rumor que seguía pulsando en el aire, no decía nada y miraba alternativamente al edificio y al mar.

La playa era blanca y en el horizonte se vislumbraba el contorno de otras islas apoyadas en desorden en la superficie del agua.

Shūichi lo llamó y empujó la puerta del archivo. Se encontraron en una sala muy blanca y, al otro lado de una especie de mostrador, similar a la recepción de un hospital, un joven de unos veinte años les dio la bienvenida. Llevaba unas gafas con la montura negra, el pelo esculpido con brillantina y una bata blanca. Era el encargado del archivo. A la altura del pecho tenía prendida una placa con su nombre y apellido, pero Shūichi no le prestó atención.

Pagaron la entrada y Kenta no se despegó de su amigo mientras el joven les explicaba el recorrido. A sus espaldas nacía el rumor que habían empezado a oír al otro lado de la colina, en el sendero flanqueado por los arrozales de la isla de Teshima.

—La sala del corazón está detrás de esa pared. Lo que oyen es el sonido de los latidos de alguien, un hombre, una mujer o quizás un niño —se explayó el muchacho—. En cambio, en la pantalla de la pared figura el número de corazones que hemos recogido hasta la fecha en diferentes partes del mundo.

Bajó el dedo y, como si estuviera narrando una vieja historia, repitió unas frases que, hacía dos años, cuando aún frecuentaba la universidad, había leído un montón de veces en su habitación: «No conocemos las caras de estas personas, solo sabemos su nombre, su apellido y el lugar donde se realizó la grabación; a veces también la edad, en caso de que la hayan querido revelar. Es probable que algunas de ellas ya hayan muerto, pero el latido de su corazón sigue sonando en esta pequeña isla japonesa».

El joven puso un fino folleto en el mostrador y lo abrió para enseñarles el recorrido.

—Por esa puerta se accede a la «sala del corazón», el núcleo de este museo. Está a oscuras, tengan cuidado dónde pisan. Les aconsejo que se queden quietos al principio, hasta que sus ojos se habitúen a la oscuridad.

—Todas las aventuras inician en la oscuridad —comentó Shūichi acariciando la cabeza de Kenta.

El niño miraba al adulto a los ojos, que los posaba de vez en cuando en el niño, quien seguía medio escondido detrás de él.

—Algunos prefieren sentarse en el suelo, otros se sienten oprimidos, porque el espacio es angosto. En caso de que les suceda, salgan sin problemas y vuelvan a entrar cuando se consideren preparados.

En ese momento, tres chicas salieron de la sala del corazón susurrando en voz baja, pero ninguno de ellos pudo oír lo que decían. Dos parecían excitadas, la tercera daba la impresión de encontrarse todavía en el interior de la estancia.

—Ahí, a la derecha, se halla en cambio la «sala de la escucha» —prosiguió el joven—. Pueden buscar a una persona con su mismo apellido o escuchar el corazón de alguien que viva en una ciudad que hayan visitado.

Shūichi vio que las jóvenes vacilaban frente a los tres lugares. Delante de ellas, además de los ordenadores, los auriculares y el teclado, se abría un amplio ventanal de color azul pálido, crema y azul oscuro: eran las tres franjas ascendentes del mar, de la arena y del cielo.

—Por último, a la izquierda, está la última estancia, la «sala de grabación».

El joven dio una vuelta completa y solo entonces Shūichi vio dos puertas completamente blancas que se confundían con la pared.

—Allí podrán grabar el sonido de su corazón con un dispositivo especial. Y de ese modo entrarán a formar parte del Archivo de los Latidos del Corazón.

«LA SALA DEL CORAZÓN»

ハートルーム

Shūichi reunió todas las cosas que le eran más queridas y bajó la manija.

Al fondo, en la penumbra de la habitación, había una bombilla colgada. Siguiendo el ritmo del compás que había comenzado hacía unos segundos, esta se encendió y luego se apagó en cuanto cesó el sonido.

Shūichi convocó a sus grandes amores, incluso a los menos firmes, como Sayaka y Kenta, a la casa donde había pasado su infancia. Con cada destello le venían a la memoria las personas, los lugares donde había depositado los recuerdos, incluso los tristes, y los libros que había escrito a lo largo de los años, cada uno de los cuales había traído nuevas historias a su alma. Como la del pequeño protagonista que también naufragaba; lo visualizó mientras apartaba con sus delgados bracitos la vegetación y se adentraba en la isla, el pequeño que, cada vez que Shūichi aferraba el lápiz, se le aparecía con los rasgos de Shingo, porque, para él, todo niño, antes de ser niño, era Shingo. Después, al cabo de un momento, su hijo se levantaba, se alejaba, y ese otro niño, el protagonista de la historia, comenzaba a habitar su vida.

Shūichi dio un paso, luego otro. Kenta tomó su mano y la apretó con fuerza.

Acto seguido, el sonido de los latidos se detuvo y la habitación quedó sumida en una absoluta oscuridad.

Tras seis larguísimos segundos de negrura y silencio, comenzó la grabación de otro corazón, esta vez más rápido, tal vez perteneciente a una persona joven o a alguien que había estado corriendo.

Kenta le soltó la mano.

Shūichi se concentró entonces en el pensamiento de Sayaka: la joven le había dicho una noche que le encantaba la luz inestable de las cosas, una bombilla que se acercaba a su fin, el punto en que se rompía lo que no podía romperse.

Shūichi recordaba el sol marcando la hora en las paredes de su casa cuando era niño; en el pasado no se había parado a pensar en ello, porque le parecía normal, pero cuando se instaló en Tokio reconoció lo hermoso que había sido crecer en una casa alejada de todas las demás, con el jardín semejante al borde de un pozo, y él, que lo rodeaba con la luz.

Mientras observaba los filamentos de la bombilla encenderse y apagarse al ritmo de los latidos de una persona, Shūichi recordó también el corazón de Shingo. Lo había oído por primera vez en el hospital, en el vientre de Aya, y más tarde en casa, con un instrumento casero dotado de auriculares que habían comprado en internet: servía para comprobar si el feto estaba sano aunque no se moviera. Shūichi recordó la noche en que se había despertado de repente y había visto la sombra de su mujer a su lado. Aya estaba encorvada, con los auriculares pegados a la cabeza y la voz quebrada por la angustia: «¡No lo oigo, no lo oigo!». Al final se había desecho de él, porque, en lugar de disminuirla, el aparato aumentaba su ansiedad.

En ese momento, Kenta le apretó la mano y Shūichi regresó a la sala del corazón. Se dio cuenta de que al niño le asustaba ese lugar.

—¿Quieres salir? —susurró.

—¿Qué son esas cosas? Lo que hay en las paredes.

—Espejos negros. Muestran el alma en lugar de la cara.

—Tengo miedo.

—Salgamos entonces.

Los dueños de los cuatro corazones que Kenta y Shūichi
oyeron en la sala de la escucha

Guillaume Cluzet	38 años	Centre Pompidou, París	2013/02/03
Mario de Santis	53 años	Museo Mambo, Bolonia	2016/06/26
Christian Boltanski	65 años	Serpentine Gallery, Londres	2010/07/06
Mara Tsafantaki	—	Centro Cultural Onassis, Atenas	2012/12/28

«LA SALA DE LA ESCUCHA»

リスニングルーム

Los tres asientos de la sala de la escucha seguían ocupados por las tres chicas, de manera que Kenta y Shūichi se sentaron en el banco.

El joven de la bata blanca estaba explicando a una pareja de ancianos en qué consistía el lugar. Habían llegado allí por casualidad: «Creíamos que íbamos a ver el Centro de Archivo del Corazón de Teshima».

Se trataba de un pequeño espacio organizado por la comunidad local para preservar la memoria de la recuperación ecológica de la isla, de la batalla legal que habían librado los habitantes de Teshima, Naoshima y otras islas del archipiélago en los años setenta contra el gobierno, acusado de verter ilegalmente residuos industriales en sus tierras. Ese espacio también incluía la palabra «corazón» en su nombre, y el chico de la bata blanca sonrió.

—Es normal que se hayan confundido —les aseguró. Cada semana, añadió, llegaban allí por error al menos dos o tres personas.

—¿Te encuentras bien? —preguntó Shūichi a Kenta, que parecía haberse sosegado—. ¿Estás mejor? —El muchacho asintió con la cabeza.

—Quiero entrar otra vez en la habitación oscura, pero más tarde.

—¿Más tarde? ¿Cuándo?

—Cuando sea mayor.

Shūichi le apretó un hombro con un brazo.

—De acuerdo, eso haremos.

Cuando dos de las tres chicas abandonaron sus asientos, Shūichi y Kenta se levantaron y entraron en la sala de la escucha.

Tras acompañar a la pareja de ancianos a la salida, el joven de la bata blanca se acercó a la silla de Kenta y empezó a explicarle cómo escoger el corazón en la base de datos y cómo leer los detalles de cada persona.

—En caso de que graben su latido en Teshima, los visitantes también tienen la posibilidad de dejar un mensaje, pero no todos lo hacen.

—Vale, gracias —dijo Kenta. Parecía no ver la hora de probar los auriculares.

—Concéntrate tranquilamente en la escucha —dijo el joven antes de marcharse.

Shūichi saltó aleatoriamente de un nombre a otro, de Grecia a Italia, de Polonia a Tasmania. Se demoró escuchando el corazón de Neil Charm Calub, quien había escrito que había llegado al Archivo de los Latidos del Corazón «con Celine Joly, por quien late este corazón», y el de Wakaba Tanaka, que había grabado el suyo de veinticuatro años. Se propuso buscar a Anna Bernini, que también había dejado sus latidos en el Hangar Bicocca de Milán en el mes de septiembre de hacía once años. *A saber qué ha sido de ella en estos once años*, pensó. *Si era joven o vieja en el momento de la grabación, si sigue viva, qué hace, quién es.*

De vez en cuando, Shūichi se asomaba un poco por encima del panel divisorio que lo separaba de Kenta, pero el niño parecía concentrado en la escucha.

Un corazón alemán, un corazón suizo, un corazón chino y un corazón coreano, pensó mientras lo miraba. *Pasamos la vida tra-*

tando de ser diferentes y al final permanecemos iguales al plano originario.

Allí estaban recopilados los testimonios de que todas esas personas habían vivido, que había una parte de ellas que se podía replicar hasta el infinito.

Shūichi se ajustó los auriculares y se detuvo al azar en otro número.

El último fue el corazón de Arima Hanane, cuyo sonido se mezclaba con el de su llanto al cabo de unos segundos. Había sido grabado hacía apenas unos días, en ese mismo lugar, donde él estaba ahora sentado y sus ojos se llenaban ante él de arena color mostaza y del mar Interior de Japón. Shūichi vio que había también un mensaje de acompañamiento y lo pulsó: «Tengo cero años y he venido con mi madre y mi padre».

Kenta fue el primero en levantarse y Shūichi lo secundó enseguida. Volvieron a sentarse en el banco de la entrada.

La frase que aparece escrita a la entrada del Archivo
de los Latidos del Corazón y de la que nadie se percató,
ni Shūichi ni Kenta ni ninguno de los visitantes
de aquel día

«A lo largo de mi vida no he dejado de acumular pruebas para impedir que las cosas desaparecieran y al final lo único que he conseguido es reforzar su desaparición, acentuar la visión de la pérdida».

CHRISTIAN BOLTANSKI

«LA SALA DE GRABACIÓN»

レコーディングルーム

En el intervalo entre una sala y otra, Shūichi y Kenta hojeaban los libros y el catálogo que estaba a la venta. Shūichi preguntó a la joven de la recepción —que mientras tanto había relevado al muchacho— si era originaria de Teshima y por qué llevaba también una bata. Ella le contestó que sí, que tanto ella como el chico de antes eran de Teshima, y que así era como el artista había diseñado el lugar, las paredes blancas y las batas propias de un consultorio médico, para reproducir la atmósfera aséptica de un examen cardiológico.

Las salas de grabación se abrieron y de ellas salieron las chicas que los habían precedido en todas las etapas de la visita.

—¿Prefieres que entremos juntos? —preguntó Shūichi, pero Kenta negó con la cabeza.

Cada uno entró en una cerrando la puerta tras de sí.

Shūichi jamás olvidaría lo que ocurrió en la sala de grabación.

Se abrió la camisa, recorrió como siempre con las yemas de los dedos la cicatriz de la operación y agarró el aparato de grabación que, al igual que el estetoscopio, tenía una placa unida al extremo. Se sentó en el sillón de cuero negro, calmó su respiración y apretó el diafragma a la altura del corazón.

Permaneció en completo silencio, procurando no hacer ningún ruido con la tela.

Allí estaba, el sonido de su corazón le resultaba familiar. Le pareció curioso descubrir que, debido a las numerosas veces que lo había oído, hubiera acabado por memorizarlo, aunque jamás hubiera sentido el deseo de grabarlo.

Volvió a escucharlo con los auriculares colocados al lado de la pantalla. En caso de que no le satisficiera el sonido, podía grabarlo en otra ocasión, pero pensó que, a fin de cuentas, había ido bien, dada la inquietud que experimentaba por que Kenta, que se encontraba en la sala contigua, necesitara ayuda o ya hubiera terminado.

Cuando, por fin, pulsó la confirmación y apareció su nombre, su apellido, su edad y su lugar de procedencia, cayó en la cuenta de que no tenía ningún mensaje que dejar y de que, al fin y al cabo, bastaba con aportar su ritmo a aquel archivo tan especial. Entonces se fijó en el código.

A cada grabación correspondía uno, que se generaba automáticamente, una serie de números que catalogaban para siempre el corazón.

El código de cinco dígitos empezaba por cuatro y terminaba por nueve.

Cerró todo deprisa: el archivo del ordenador, la camisa. Volvió a ponerlo mecánicamente en su sitio, con una gran confusión en la cabeza. Cuando salió, vio a la derecha el mostrador y a la joven de bata blanca jugueteando con el ordenador en el centro, y comprobó que Kenta aún no había salido de la pequeña habitación.

Shūichi se sentó en el banco y empezó a rebuscar en su mochila. Le temblaban los dedos y sintió el corazón en la boca de la garganta. Al exhalar percibió el esfuerzo que estaban haciendo sus pulmones, el bombeo de la sangre y, al mismo tiempo, el temor a que fuera una simple coincidencia.

¿Será posible?, se preguntó repetidamente. *¿Será posible?*

Del bolsillo interior de la cartera sacó la fotografía en blanco y negro en la que aparecían Shingo, Aya, él a los veinte años y su madre. Extrajo también el pequeño *origami* del corazón pulsante que le había regalado su exmujer y que había puesto allí, junto a los recuerdos más preciosos de su vida. En el fondo, aún enrollados, estaban los dos pedacitos de papel que había encontrado hacía unos meses en la cajita que su madre guardaba en un cajón, donde ella había pegado el pósit con las palabras «Para Shūichi».

Recordaba haber percibido enseguida el misterio, el secreto, y le había dado mil vueltas durante semanas sin lograr encontrar una solución. Hasta había pedido ayuda a Kenta, pero todo había sido en vano. Los números pasaban por su mente periódicamente, como si debieran ser descifrados tarde o temprano; pero Shūichi los desechaba, incapaz de atribuirles un significado.

«42191».

«42192».

¿Era posible? ¿Era de verdad posible que guardaran relación con ese lugar?

Cuando Kenta salió de la habitación, no se dio cuenta del semblante angustiado de Shūichi.

—¡Ya está! —exclamó, en cambio, alegremente. Grabar el sonido de su corazón, reproduciéndolo en un aparato, le había divertido.

Shūichi se puso de pie de un salto.

—Disculpe —preguntó a la joven—, ¿es posible volver a entrar en la sala de escucha?

—Por supuesto, no hay límite de tiempo. Pueden entrar cuando quieran en la sala del corazón y en la de escucha. En cambio, solo pueden grabar una vez. Tómese el tiempo que desee.

—Gracias. —Luego, dirigiéndose al niño, añadió—: Kenta, ¿te importa si busco una cosa en el archivo? Entretanto, podrías llamar a tus padres o enviarles un mensaje.

—De acuerdo —respondió Kenta, que solo entonces se percató de la cara contraída de su amigo.

Shūichi le entregó su teléfono móvil y fue de inmediato a sentarse frente a la base de datos de la sala de escucha.

Kenta observó desde lejos cómo curvaba la espalda. Captó la perturbación que manifestaban sus movimientos, pero guardó silencio.

Mientras tanto, el mar se había oscurecido al otro lado del rectángulo de la ventana. El sol se estaba poniendo, en una hora el atardecer teñiría la playa de naranja y, poco después, la negrura lo devoraría todo.

UNA A UNA

4

2

1

9

1

Clic, se abrió una página gris. La emoción lo desgarraba. ¡No era una coincidencia! ¡No era una coincidencia!

Shūichi leyó:

«Ōno Reina, setenta y seis años».

Shūichi se dio cuenta de que su corazón latía enloquecido. Se llevó la palma de la mano al pecho, como le sugería siempre su madre. Para, respira.

¿Cómo era posible que la mujer hubiera estado allí y que él no se hubiera enterado? Rastreó otra vez el perfil buscando una respuesta: la encontró en la fecha.

La grabación había sido hecha hacía dos años y medio y el día coincidía con la semana en que Shūichi había estado ingresado en el hospital debido a la operación. No había ningún mensaje adjunto y, más tarde, Shūichi pensó que era innecesario. No habría añadido nada a la maravilla que experimentaba en ese momento.

Comprendió al vuelo a quién pertenecía el otro código.

4
2
1
9
2

Antes de leer en la pantalla, sabía lo que iba a ver escrito.

«Maeda Shingo, ocho años».

El sonido del corazón de la señora Ōno y el sonido
del corazón de Shingo

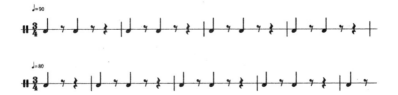

Ese día, Kenta y Shūichi fueron los últimos visitantes en abandonar el Archivo de los Latidos del Corazón de Teshima.

Mientras el niño se dedicaba a examinar fuera la arena, Shūichi se dirigió hacia el mostrador, tembloroso, y preguntó a la joven si era posible conseguir las grabaciones de los corazones de su hijo y de su madre. Su voz le llegó desde muy lejos, como si habitara dos vidas, una real y otra interior.

Siguieron una serie de llamadas telefónicas, una dirección de correo electrónico y la promesa de un contacto que llegaría en setenta y dos horas.

Al salir del Archivo de los Latidos del Corazón, Shūichi observó a Kenta mientras jugaba. Sintió ternura por su pequeña sombra estirada por el sol y tironeada por la carrera. Pensó en lo arraigada que estaba la palabra «corazón» en la lengua, en todas las lenguas del mundo, a tal punto que siempre le había parecido un organismo con mil hilos, un animal de la selva que, en lugar de moverse entre las lianas, daba vueltas aferrándose a las venas y las arterias.

En ese instante, sin embargo, le parecía una palabra nueva, capaz de multiplicarse.

—¡Kenta! —llamó al niño desde lejos. El pequeño se aproximó a él con un palito en la mano y la cara sonrojada.

—Ya he terminado, siento haber tardado.

—¿Qué es eso? —preguntó Kenta apuntando con el palo en el aire.

Shūichi alzó entonces la mirada y notó una masa oscura. Estaba clavada en uno de los árboles del bosque que habían atravesado para llegar al archivo, rodeada de un millar de ramas grandes y pequeñas, y se recortaba sobre el azul del fondo, cada vez más oscuro.

—Un nido de pájaro.

También parecía un corazón con sus arterias superiores inyectando vida al mundo.

El aire, incluso el cielo, estaban salpicados de sangre.

—El último barco para Takamatsu zarpa del puerto de Teshima en cincuenta minutos, debemos darnos prisa.

Shūichi mencionó que había encontrado algo en el archivo, pero calló enseguida. Añadió bruscamente que se había nublado y que era posible que lloviera al día siguiente.

Kenta no dijo nada, pero siguió observando a su amigo, de una forma tan sumamente delicada que no llegaba a rozarlo.

A pesar de lo mucho que había que decir, prefirieron guardar silencio. Shūichi porque se sentía abrumado por la emoción y Kenta porque, aunque no entendía lo que sucedía, intuía algo. Fue la preparación más adecuada para el viaje de vuelta.

Esperaron diez minutos al autobús y otros quince al barco. Vieron encenderse las luces en el mar y, a medida que se adentraban en él, las farolas empezaron a chisporrotear.

Cuando la oscuridad engulló el horizonte, estaban ya en alta mar, lejos de todas las islas del archipiélago.

Regresaron al *ryokan* donde esa mañana habían dejado el equipaje. La cena estaba lista.

Las criadas, vestidas con kimonos, entraron en la habitación portando grandes bandejas y les explicaron la comida con todo lujo de detalles. Uno a uno, fueron desatando los platos como si fueran nudos y les narraron la historia de los ingredientes, de dónde habían salido aquellos cangrejos, para qué se utilizaban sus caparazones en las islas, y que la harina de los *udon* que se producía en la zona era, con diferencia, la mejor del país.

Kenta tenía hambre, Shūichi, en cambio, comió despacio.

En los intervalos entre un plato y otro, Shūichi repiqueteaba en la mesa con la punta de los dedos. Kenta lo miraba intrigado. Sonaba como el ritmo de algo que su amigo estaba intentando grabar en su memoria.

Lo que el crítico Yoshitani Matsuo escribió sobre el libro
de Shūichi en el número de octubre de ese año
de la revista Moe

«Desde el principio de su carrera artística, Maeda Shūichi envuelve en la niebla la cara de los niños protagonistas de sus libros. En este volumen, el pequeño S-kun naufraga en una isla (casi) desierta; en el anterior *El árbol de los recuerdos*, Akira-kun se zambullía en cambio en la piscina de un edificio de apartamentos de una gran ciudad y organizaba allí su vida. En todos los libros se detecta la misma vaguedad de rasgos, pero, observándolos más de cerca, hay que admitir que Maeda consigue que sus pequeños protagonistas sean irreconocibles y, a la vez, precisos, porque son ni más ni menos que el niño que tenemos ante nuestros ojos, el que se nos escapa, el que quizá mañana desaparezca para dejar paso al adulto en que aspira a convertirse: todos parecen fantasmas de una infancia que está a un tris de terminar.

»En cualquier caso, comparada con las obras anteriores de Maeda Shūichi, en *El naufragio* aparece un importante elemento de ruptura. Si hasta ahora el artista nos había acostumbrado a unos viajes reales o ficticios realizados en soledad de principio a fin, a unas ilustraciones de colores tenues, que se deslizaban fácilmente en la escala de los grises, aquí, en la última obra llena de color (¡y muy conseguida!), el niño protagonista —que parecía destinado a explorar la isla sin cruzarse con sus semejantes— encuentra su imagen reflejada bajo la superficie de un lago, tiende una mano y saca del agua a otro niño muy parecido a él, con el que inicia una nueva aventura. De esta forma, Maeda parece sugerir que la doble soledad puede convertirse en compañía. Que el mundo puede teñirse de color visto a través de dos pares de ojos».

EPÍLOGO

Teshima, envuelta en años de latidos y limada por las olas, comienza a vibrar a las diez de la mañana y termina su canto a las cuatro o cinco de la tarde. Depende de la estación, de la hora en que se pone el sol.

Cuando contara la aventura que había vivido a sus padres, Kenta la llamaría «La isla de los latidos del corazón» y a partir de ese momento todos se referirían a ella con ese nombre.

Se habían despedido de Teshima sin demasiada nostalgia, seguros de que un día regresarían a ella.

Nada más aterrizar en Tokio, Shūichi escribió a Sayaka y la invitó a cenar. Hacía tiempo que habían renunciado a frecuentar restaurantes, a los encuentros casuales. Ya no era necesario fingir nada, intentar mostrarse mejores de lo que eran. Era esa la belleza de un amor que había empezado siendo ya grande, consciente de que acoger la miseria y el ridículo del otro era, a todos los efectos, la demostración más plena de ese sentimiento.

Frente a la comida que les habían llevado a casa y en la que abundaban las salsas, Shūichi habló a su amiga sobre el viaje que había hecho en compañía de Kenta, los archivos de Teshima y la grabación de los latidos de su madre y de Shingo.

A Sayaka se le saltaron las lágrimas cuando él reprodujo los diferentes sonidos de los dos corazones con las yemas de los dedos y la voz, ya que los había repetido obstinadamente durante todo el viaje de vuelta para no olvidarlos. Habían llegado a ser para él como una de esas melodías que, tras escucharlas una vez, no consigues quitarte de la cabeza.

Según Shūichi, en Teshima estaba el testimonio de que su madre y su hijo habían vivido, de que una parte de ellos (así como de las miles de personas que habían compartido aquella experiencia) podía reproducirse indefinidamente. Al menos mientras la voluntad de los hombres así lo quisiera.

Allí había descubierto que la memoria era simplemente una cuestión de voluntad.

—¿Cuándo fueron a la isla?

Shūichi reconstruyó entonces con Sayaka el viaje de su madre y su hijo: había tenido lugar hacía exactamente dos años y medio, cuando él se había sometido a la operación.

—¿La cicatriz que tienes en el pecho?

—Sí, esa.

Dado que iba a estar hospitalizado e imaginando el estrés que podía padecer su hijo, Shūichi había pedido a su madre que hiciera un viaje corto con Shingo, a ser posible por mar, para que no le afectara la operación ni el miedo de Aya. Creía que solo un recuerdo mayor podría borrar ese recuerdo o, al menos, restarle importancia.

Sayaka no pudo menos que sonreír, porque Shūichi era idéntico a la señora Ōno en sus intentos de alejar el dolor todo lo posible, de empequeñecerlo en la memoria de su hijo. No se lo dijo, y en lugar de eso, le acarició la cara mientras su amigo seguía hablando.

Aya estaba aterrorizada por la operación a la que debía someterse su marido, temía que Shūichi pudiera morir. Por eso, todos se habían mostrado de acuerdo en que la mejor solución era sacar a Shingo de Tokio y entretenerlo con algo divertido.

Habían empezado a prepararlo con varios meses de antelación, con esos largos discursos, a menudo insensatos, con los que los adultos esperan en vano prevenir a los niños.

El día de la partida, la maleta de Shingo era muy pequeña y solo contenía un osito blanco, tres bañadores, un cuaderno de dibujo, lápices y la nueva enciclopedia electrónica que le había regalado su padre. El destino había sido elegido por el confort que ofrecía: un hotel en la playa dotado de todo tipo de comodidades, en la cercana península de Miura, de manera que tanto la abuela como el niño no se fatigaran demasiado.

Y ahora Shūichi sabía que no habían estado en Miura, al menos no todo el tiempo que habían durado las vacaciones.

Jamás sabría a ciencia cierta en qué circunstancias su madre había sabido de la existencia de Teshima. Un día descubriría el recorte de la entrevista que había hecho nacer la aventura, pero nunca podría reconstruir la maravillosa coincidencia por la que, dos semanas antes de la operación de corazón de Shūichi, su madre había leído en la peluquería una revista en la que se describía la isla. Ni cómo, sobre todo, rebuscar entre las palabras del artista, saber que consideraba la colección de los latidos de la gente un homenaje a la vida, le había parecido una epifanía.

—Es el destino más adecuado para nuestro viaje, ¿no crees? —le había dicho a su nieto la mañana en que habían partido.

El niño ignoraba que iba camino del aeropuerto. En lugar de eso, pensaba que iban a subir a un tren, que se apearían al final de la línea y que después seguirían tres paradas más de autobús. La señora Ōno había preferido no decir nada al pequeño, ya fuera porque quería darle una sorpresa o porque temía que Shūichi y Aya la obligaran a cambiar de idea.

—Pero, abuela, ¿no está demasiado lejos?

—Puede, pero es una aventura. ¿No te gustan las aventuras?

—Sí, pero…

—En ese caso, ¡vamos! Pasado mañana volveremos aquí y luego iremos al hotel de Miura, como habíamos pensado, ¡te lo prometo!

La madre de Shūichi había pensado que visitar el archivo podía ser un augurio de buena suerte, un regalo para su hijo, además de para sí misma. Shingo, que se fiaba de su abuela, no había objetado nada y la había acompañado con el oso Loretto en la maleta, el muñeco que había heredado hacía unos años de su padre.

Shūichi imaginaba la razón por la que su madre no le había dicho una palabra. Probablemente había sido por el mismo principio por el que había escondido las fotografías de Shingo en su habitación: con tal de no despertar el dolor, su madre renunciaba a la alegría.

Esa noche, Sayaka escuchó la larga historia del descubrimiento, quiso saber todos los detalles del viaje a Teshima, de Kenta, de las excursiones que habían hecho a Naoshima y a Konpira-gu, de la barca que se balanceaba, del vuelo desde Takamatsu.

Al final, como si se hubieran quedado vacíos de palabras, Sayaka y Shūichi se fueron a la cama sin añadir nada más.

A la mañana siguiente se despertaron al amanecer. El cielo se abrió, la luz cayó a oleadas y el mar cambió de color. Lo divisaron mientras bajaban hacia el café donde iban a desayunar.

El día estaba allí, recién estrenado.

Mientras comía un pedazo de tarta de zanahoria, Shūichi observó a Sayaka sorber su café con leche y creyó ver, resumidas en una, sus múltiples caras. ¿Cuántas expresiones había visto en ella a lo largo de esos meses? Ella, que abría estaciones y ventanas de par en par con idéntico asombro, como si creyera que iba a encontrar quién sabe qué al otro lado.

—¿Puedo hacerte una pregunta? —dijo Sayaka, de repente—. He leído todos tus libros, aquí están las ventanas…

Años después, las ventanas seguían siendo la gran obsesión de Shūichi.

«¿Por qué dibuja ventanas? —le habían preguntado decenas, cientos de veces—. ¿Tal vez porque le interesa saber lo que hay fuera?».

Pero todas las ventanas que dibujaba Shūichi estaban representadas desde el exterior, desde una calle, un puente, una estación o un parque, de pie al lado o delante de ellas.

Shūichi solo había respondido a esa pregunta una vez, en el curso de una presentación. Por eso no le gustaba reunirse con el público, le molestaba la curiosidad de la gente. Esa tarde, sin embargo, un niño de unos cinco años había levantado la mano y él, mirándolo fijamente a los ojos, se había dado cuenta de que, a diferencia de los adultos llenos de respuestas, quería saber *de verdad*.

—¿Por qué dibuja ventanas? ¿Y por qué siempre las dibuja desde fuera?

—Me interesa más saber lo que hay dentro que lo que hay fuera —le había contestado—. Si lo piensas, desde la calle solo se ve una ínfima parte del interior de una casa, pero, a ojos de la persona que la ve, esa parte minúscula, como un trozo de techo, una lámpara de araña o un dibujo pegado a la pared, representa todo.

Shūichi había hecho una pausa, y había mirado al público de la librería que lo rodeaba y lo escuchaba en silencio.

—¿Alguna vez, por ejemplo, miras las ventanas iluminadas por la noche mientras vas de camino a casa?

El niño había asentido con la cabeza.

—¿Ves? Me gusta la idea de que lo esencial, lo que hace feliz o triste a un hogar y, por tanto, a la familia o al niño que ocupa una habitación, solo puede entenderse desde fuera, mirando hacia arriba, andando desde la estación por la noche hacia casa. Imaginar, tal vez agarrando con fuerza la mano de tu madre.

A partir de ese punto de la conversación, el día se había desmoronado en su memoria, pero Shūichi recordaba haber vuelto a mirar al niño y haber ampliado las pupilas para abarcar en su totalidad la concentración, el semblante serio y las múltiples ventanas iluminadas y sin iluminar hacia las que siempre se volvería a partir de esa tarde.

Shūichi bajó el tenedor que se estaba llevando a la boca y preguntó a Sayaka:

—¿Quieres saber por qué siempre dibujo ventanas?

La joven negó con la cabeza.

—No, pero a la vuelta me gustaría llevarte a ver las ventanas de la casa donde crecí.

—Eso estaría bien.

—Me gustaría que las recordaras.

Mientras bajaba con la tabla a la playa, al amanecer, Shūichi había visto el mar y nada en el horizonte. Ni una nube ni un surfista. Desde aquella perspectiva, la Tierra le había parecido deshabitada. Más aún, le había parecido el primer día en el planeta.

Esa mañana iba a enseñar a Sayaka y a Kenta a surfear y, temeroso de no estar allí cuando llegaran, había bajado cuando aún era de noche. Habían quedado a las seis.

Shūichi se sentó en la playa y aguardó. Se sentía feliz, pero con esa complicada alegría de quienes saben que es imposible evitar que terminen incluso las cosas que más amamos.

Una vez más, pasados varios años, quería y era querido. También había un niño en su vida.

Pensar que todo podía volver a empezar desde el principio —una relación importante, el miedo a quedarse solo, los cordones de los zapatos (con los que debía tener cuidado), los malentendidos, las rozaduras en los codos y las rodillas— le producía vértigo.

El mundo no podía derrumbarse de nuevo, no podía hundirse con tanta facilidad. Aún necesitaba el tiempo de ese niño y los amores de ese niño. ¿Otros cien años por lo menos? ¿Doscientos?

Todo volvía a cobrar un sentido más pleno para Shūichi y, a la vez, el miedo volvía a atenazarlo: los coches que circulaban a toda velocidad, la bicicleta cuyas luces había que revisar para que no diera vueltas de noche como hacían algunos niños por descuido, las rocas altas y afiladas de las que podía caerse, el calentamiento global y el plástico en el mar. Debía unirse a los ciudadanos que veía en la playa a primera hora de la mañana y por la noche recogiendo basura, armados con bolsas y pinzas.

En ese momento, pasó por delante de él un ruidoso grupo de chicos que luego se adentraron en el mar con sus tablas. El amanecer estaba ahora por todas partes.

Shūichi suspiró. Hacía falta mucha energía para ser feliz cuando uno aún no lo era.

Pero, al mismo tiempo, su madre tenía razón, para ser feliz primero había que imaginarse siendo feliz.

Mientras seguía sumido en esos pensamientos, Sayaka y Kenta llegaron por detrás.

—¡Aquí nos tienes! —exclamó ella alegremente—. Nos hemos encontrado en la calle, en bicicleta.

Llevaba bajo el brazo una tabla de color blanco y rojo geranio, rayada en el borde. Se la había prestado una amiga. El niño, en cambio, parecía sujetar la suya con una correa, una cuerda que arrastraba una pequeña tabla azul cobalto.

—¡Qué bonito es esto!

—¿Estáis listos?

Shūichi vio el agua y al niño. Estuvo a punto de preguntarle si se sentía seguro, si por casualidad no tenía miedo de lanzarse a esa cosa ilimitada que los hombres conocían, en realidad, tan poco.

Pero no dijo nada.

—¿Entonces? ¿Cómo se hace surf? —lo interrumpió Kenta, embelesado por la visión del mar encrespándose—. ¡Me muero de ganas de subir a una ola!

—Estamos muy emocionados —susurró Sayaka.

Shūichi agarró su tabla y se puso a su lado. Sayaka estaba a su derecha, Kenta a su izquierda. Los tres se encontraban frente al mar.

No era consciente de que su corazón estaba haciendo mucho ruido en ese instante.

—Veamos —dijo Shūichi—, lo primero que hay que hacer es mirar al mar.

—¿Y después? —preguntó Kenta con impaciencia.

—Después imaginaos en la tabla en medio de las olas.

LOS SONIDOS DEL CORAZÓN

EN JAPONÉS

baku baku ばくばく es el sonido de un corazón que se mueve nervioso, tenso, representa el latido del corazón cuya frecuencia se vuelve rápida, casi dolorosa.

kyun きゅん es la onomatopeya de un corazón que se contrae de forma repentina pero suave, una percepción a menudo relacionada con un sentimiento amoroso que provoca una sacudida repentina, una punzada emocional, un pequeño salto. Es el sonido de una aceleración del ritmo cardíaco provocada por una emoción fuerte, un placer, una excitación o un ligero disgusto.

doki doki どきどき es el sonido de un corazón emocionado, la aceleración del ritmo cardíaco de cuando se teme algo que está a un tris de acaecer; también es el resultado de una espera alegre, de un acontecimiento futuro que se aproxima o de un deseo a punto de hacerse realidad.

Es el sonido de un corazón que crece y aprende sobre la vida, es el momento previo a la emoción y, por tanto, más que su realización, es la emoción misma.

dokin ドキン es un latido único, que se produce una sola vez, como cuando uno se enamora a primera vista y el corazón parece suspirar.

dokitto ドキッと es el latido de la agitación que se siente tras haber evitado un peligro, como el de una mentira que casi ha quedado al descubierto o el de un objeto que se ha salvado milagrosamente después de haberse caído.

dokkun dokkun ドックンドックン es un latido enérgico, que expresa un gran nerviosismo; la excitación, por ejemplo, que se experimenta antes de subir a un escenario, de enfrentarse a una actuación importante o de reunirse con nuestro ser querido.

toku toku ととく es un latido pequeño, como en voz baja; el sonido, por ejemplo, del corazón de un recién nacido.

UNA NOTA IMPORTANTE

Pocos saben que soy hija de un manuscrito que extraje de un montón.

Con el pasar del tiempo, recorriendo el camino en sentido inverso en la memoria, he llegado a la convicción de que, a pesar de que el talento es necesario (quién sabe si lo tenía), la cualidad que lleva al éxito, con independencia de cuál sea el contexto, es la perseverancia. No creer demasiado en un destino, empujar la imagen de uno mismo un poco más allá y —sin dejar de mirar— hacer otra cosa.

Si a los dieciocho años no hubiera creído en lo que aún no se había materializado, si en la desesperación de los veintiuno no hubiera cultivado la imaginación de mi yo aún inexistente, estoy segura de que jamás habría impreso un manuscrito en una diminuta copistería universitaria de la periferia de Tokio y no habría enviado ese fajo de papeles a quince editoriales italianas. No habría esperado.

Por encima de todo, no habría seguido escribiendo en los siguientes años, en los que no recibí ninguna respuesta, pero en los que aprendí la mayor lección, esto es, que el fracaso no debe convertirse en una excusa. Es necesario tantear otros caminos, porque hay mil maneras de volver a casa. Desde entonces me digo que la serenidad tiene que ser como regresar al hogar después de haberse imaginado avanzando incluso parado, con una rueda pinchada, pasando la noche en un banco y con la luna oculta tras las nubes.

Imaginarme feliz sigue siendo para mí el mayor desafío. Algo en lo que, según creo, tendré que ejercitarme a diario hasta el final. En cualquier caso, el hecho de haber enviado ese manuscrito —de haber tenido el valor de hacerlo— me recuerda que todo nace de un «sí» que se pronuncia con claridad a la vida. Probar, entretanto, e imaginar que lo conseguiremos. Ya veremos lo que sucede después.

Lev Tolstói creía que la felicidad siempre es la respuesta correcta, lo único sobre lo que una persona no se equivoca cuando apuesta por ella. En sus diarios escribió: «El que es feliz tiene razón».

El verano de 2021 fue para mí el punto final de un bienio sombrío, que coincidió en buena medida con la pandemia y con una inquietud emotiva que me dejó dentro episodios, personas y discursos que habría evitado de buena gana. Recuerdo con claridad al menos tres veces en las que, ovillada en la cama, rogué a Ryōsuke que se ocupara de los niños, que saliera con ellos, porque me pesaba el mero hecho de respirar, de estar viva, de encontrarme allí. Temí seriamente ser víctima de una depresión, pero, tras el pico final de ese verano embrujado, no volví a sentirme así. Entonces, después de las Olimpiadas de Tokio, viajé a Teshima, a Naoshima y a muchas otras islas del mar Interior de Japón.

Visitar el Archivo de los Latidos del Corazón, *Les Archives du Coeur* o, en la traducción japonesa (de cuya traducción literal procede el nombre que he elegido) *Shinzō-on no Ākaibum*, me hizo sentir la vida con tal intensidad que enseguida comprendí que escribiría sobre él.

Me vino todo a la memoria: los largos años de doctorado en la Universidad de Estudios Extranjeros de Tokio, el profesor Hideo Matsuura hablándome de Christian Boltanski, yo de joven con la oreja pegada al corazón de mi amado para memorizar ese sonido, que quería llevar siempre conmigo, el latido del corazoncito de Sōsuke en la clínica de Tokio (que significaba que estaba vivo, a pesar de que hacía unas semanas me habían dicho lo contrario), esa autobiografía-biografía en forma de diálogo que es *La vida posible de Christian Boltanski*, y tres ideas revolucionarias para mí.

La primera aseguraba que las mentiras inventan la vida, incluso la mejoran; que, de hecho, todo lo que recordamos tiene más que ver con el relato de la vida que vivimos (que es siempre inexacto, inevitablemente personal, jamás objetivo) que con la verdad (que no existe, ¡no existe!). La segunda me gritaba que es imposible, ¡si renuncias al dolor, borras también la alegría! La tercera me enseñó que la felicidad más sólida es la que está en tercera persona; con la de la primera tenemos demasiado poder, podemos hacerla y deshacerla a nuestro antojo. En agosto de aquel verano, escribí en mi diario: «Entonces, mi alegría pasa a la tercera persona. Sōsuke no ha ido a la guardería esta mañana. Quería que estuviera con nosotros. Para que la experiencia fuera maravillosa me distraje de mí misma, cosa que, por otra parte, fue el mayor regalo que me he hecho. También me encantó junio, porque estaba tan metida en un sentimiento adolescente, infantil, que me olvidé de mi vida y reposé de verdad. Pero ahora hay una felicidad diferente, aún más intensa, la única que tal vez pueda planificarse, la que no se dirige a nosotros mismos, sino a los demás. Sí, ¡estoy preparada para la felicidad en tercera persona!».

Al cabo de varios meses nació esta novela.

Mientras escribía *La isla de los latidos del corazón*, recordé la inestimable exhortación que me hizo una amiga en mis días más oscuros: «Aunque te sientas mal, aunque no tengas ganas, sal con los niños, finge que eres feliz, finge que te diviertes con ellos, pero tienes que creértelo, creértelo de verdad, de lo contrario no vale». En eso consiste imaginar la felicidad: ¡para ser feliz primero hay que imaginarse feliz!

En agosto de 2021 grabé en el Archivo de los Latidos del Corazón de Teshima el sonido del mío y dejé un mensaje para mis hijos. Cuando me embarqué y me alejé de la isla ya envuelta en la oscuridad, tuve la convicción de que es imposible marcharse *de verdad* de ciertos lugares, de que una parte de ellos se instala en nuestro interior. El Archivo de los Latidos del Corazón, al igual que lo fue años antes el Teléfono del Viento, es así para mí.

En un instante volví a ver a Sasaki-san, el guardián del Teléfono del Viento, en Bell Gardia, cuando me dijo en la mesa de su porche, con voz sosegada y firme, que lo más importante seguía siendo estimular la imaginación en los niños, porque ni siquiera el Teléfono del Viento funcionaba sin ella. Por eso era necesario ponerlos en contacto con la lectura y la naturaleza.

Con el paso de los años me he dado cuenta de que, en realidad, nada funciona sin imaginación.

GLOSARIO

azuki: pequeña variedad de judía de color marrón rojizo, ingrediente básico de la repostería japonesa, con la que se elabora la mermelada *an*.

dorayaki: es un tipo de dulce japonés que consiste en dos tortitas rellenas de mermelada de judías *azuki*. En cualquier caso, existe un sinfín de variaciones del relleno.

kanji: son los caracteres ideográficos de origen chino que, junto con el *hiragana* y el *katakana*, conforman el sistema de escritura de la lengua japonesa.

konbini: tiendas de conveniencia abiertas veinticuatro horas al día todos los días del año.

kotatsu: mesa baja con bastidor de madera y una fuente de calor debajo que se usa tradicionalmente en los hogares japoneses durante los periodos más fríos del año.

mangaka: palabra que designa a un dibujante de cómics.

onigiri: arroz hervido y prensado en bocados de forma esférica o triangular, rellenos de ciruelas saladas, pedazos de salmón u otros ingredientes, a menudo envueltos en algas.

origami: arte japonés de plegar el papel.

ryokan: taberna tradicional japonesa.

tako-tsubo: el «*tako-tsubo* o síndrome del corazón roto» es una miocardiopatía, en la mayoría de los casos transitoria, causada por un estrés agudo de origen físico o psicológico y que provoca una disfunción del ventrículo izquierdo. Su nombre (literalmente «vasija para pulpos») procede del término japonés que hace referencia a una trampa para estos moluscos cuya forma se asemeja a la de un corazón afectado por este trastorno.

Tanabata: fiesta que se celebra el 7 de julio o de agosto de cada año.

tanuki: son unas criaturas de la mitología japonesa, parecidas a los perros mapache, a las que les gusta bromear y cambiar de forma para engañar a los animales y a las personas del mismo modo que hacen los zorros.

tanzaku: tira de papel en la que se escriben versos *haiku* o *tanka* o también los deseos y que se cuelga en ramitas de bambú durante la celebración de *Tanabata*, en julio o agosto.

tempura: pescado y verduras fritos.

tomo-biki: término que deriva de *tomo*, que significa «amigos», y de *hiki, hiku*, que significa «tirar», es decir, tirar hacia uno mismo. Según la superstición, si las funerarias trabajan el día de *tomo-biki*, pueden arrastrar hasta la tumba a los amigos y conocidos del muerto, de ahí que ese día estén cerradas.

udon: variedad de fideos de trigo que normalmente se sirven con caldo.

umeboshi: ciruela salada con propiedades saludables.

yuzu: variedad particular de bergamota japonesa.

zō-mushi: o curculionoidea, son unos insectos de la familia de los coleópteros. El nombre japonés *zō-mushi* (literalmente, «insectos-elefante») tiene su origen en la extensión de su cabeza, que recuerda la trompa de un elefante y que es el órgano con el que perforan y depositan sus huevos en el tejido vegetal de las plantas.

LIBROS DE REFERENCIA

Boltanski, Christian, Catherine Grenie, *La vida posible de Christian Boltanski*, Casus Belli, Madrid, 2010, traducción de Sagrario Gutiérrez, Isabel Vargas y F. Verlatsky.

Fukutake Foundation (a cargo de), *Christian Boltanski. Les archives du coeur*, Nissa Printing, Naoshima, 2012.

Kurashima, Atsushi, Minoru Harada, *Ame no kotoba jiten* (Diccionario de las palabras de la lluvia), Kōdansha, Tokio, 2014.

Miyakoshi, Akiko, *Yoru no kaerimichi*, Kaiseisha, Tokio, 2015.

Von Borstel, Johannes, *El corazón: una historia palpitante*, Urano, Madrid, 2010, traducción de Lourdes Bigorra.

AGRADECIMIENTOS

La mano que aferró el manuscrito pertenece a la primera persona que creyó en mí y que ha seguido haciéndolo sin vacilar a lo largo de los años: Francesca Lang. Por ese motivo, le dedico *La isla de los latidos del corazón*, saldando de esta forma, al menos de palabra, la deuda que contraje con ella hace casi diez años. Le estaré eternamente agradecida por ese gesto.

Gracias a mis primeros lectores, Cristina Banella y Mario De Santis. Gracias por haberme llevado de la mano en todo momento. Gracias a Paola Cantatore por su bonita amistad y a Rita Scinardi, que me ha ido explicando cosas fundamentales a lo largo de los años.

Gracias a mis agentes, Monica Malatesta, Simone Marchi y Francesca Asciolla, y a todo el equipo de la agencia MalaTesta, por haberme devuelto la serenidad y la lucidez que me permitió hacer mi trabajo lo mejor posible. Y al equipo de Piemme, que acogió de inmediato esta novela.

Un agradecimiento especial a Mario Pireddu, amigo y músico, que estudió minuciosamente los latidos del corazón y les puso música para mí: «El sonido del corazón de la señora Ōno y el sonido del corazón de Shingo» son obra suya.

Gracias a Chiara Tiveron, quien me permitió acceder de forma excepcional a un libro agotado, y a Valentina Carnelutti, que aceptó dar voz a esta novela, su hermosa voz.

Gracias a Sōsuke, mi hijo, autor del dibujo del oso Loretto. Gracias al corazoncito de Emilio, que tantas veces se aferra al mío. Gracias a Ryōsuke, la familia más importante que tengo.

Para escribir mis novelas suelo leer ensayos, decenas de ensayos. Decido el tema y luego profundizo en él: cada vez tengo la sensación de estar escribiendo una tesis doctoral y, al mismo tiempo, abriendo puertas y ventanas dentro y fuera de mí. Gracias, una vez más, a las decenas de libros y autores que me han explicado —y con frecuencia me han reorientado— hasta qué punto el tema del corazón no tiene nada de trivial. Es, como decía Christian Boltanski, lo que nos hace únicos y cercanos a la vez: «El latido del corazón es el mayor símbolo de la vida humana... si, por un lado, explica que todos formamos parte de la misma familia, por otro pone de manifiesto el hecho intrínseco de que dos personas no son iguales».

KAMAKURA, verano de 2022.